忘れえぬ魔女の物語 2

the story of unforgettable witch

宇佐楢春

ILL. かも仮面

深《ふか》安《やす》なつめ
156 cm
高校1年生

序章　あの日の続きの今日を　4
第一章　忘れえぬ魔女の日常　13
第二章　心を読む魔女の物語　87
第三章　魔法使いと魔女が見た夢　169
終章　まだ見ぬ明日への約束　270

小《こ》梅《うめ》川《かわ》詩《し》論《ろん》
156 cm
高校2年生

忘れえぬ魔女の物語2

宇佐楢春

GA文庫

カバー・口絵　本文イラスト
かも仮面

時間とは流れ星のようなものだ。
目に見えずとも、いつもどこかへ流れている。
そしてその行先《終わり》について、確かなことは誰《だれ》も知らない。

序章

あの日の続きの今日を

十月二十三日A

中間考査最終日。

最後の科目の試験終了を告げる鐘が鳴る。

その瞬間、無数のため息が教室のあちこちから上がった。

「最終問題なにあれーっ」「相沢《あいざわ》さん後半寝てなかった？」「マジかよ」「やっと終わった……」

試験監督の教師が解散を号令すると、いよいよ教室内は弛緩《しかん》した空気でいっぱいになった。

やっとテストが終わった。遊べる。部活がやれる。スマホが解禁だ。

浮《うわ》ついた様子は成績優秀者も赤点濃厚な者も変わらない。いや赤点濃厚な者ほど判決が下る前に羽を伸ばしておこうとする。

「どうだった？　……って綾香《あやか》に聞いてもいつもと一緒だよね」

帰り支度《じたく》をしているところに、すでに通学鞄《かばん》を肩にかけた少女がやってきた。人から愛されるために生まれてきたかのような素敵な笑顔の、その少女の名前は稲葉未散《いなばみちる》。

「未散こそ、大丈夫よね……？」

「安心してよっ、なんたって空欄全部埋めたからね！」

未散は頼もしそうな雰囲気を出していた。……不穏な予感しかしないんだけど。赤点は困る。一緒にいられる時間が減っちゃうし、遊びにも行きにくくなるし、……いやいや、何を考えてるんだわたしは。

いったんテストのことは脇《わき》に置いておこう。教室に漂《ただよ》う気の抜けた空気はわたしにも作用して、先のことは心配せずに今のことだけ考えようという気にさせた。何せ今日は午前中で学校は終わりなのだから。未散を誘ってお昼でも……。

ファーストフード？　カフェ？　ちょっと足をのばしてショッピングセンター内のフードコートもいいかもしれない。お買い物デート……、いやいやそんなんじゃないはずだ。仲のいい親友と一緒に買い物するだけ。それからうちで何か作ってもいい。食品雑貨店で一緒に食材を買い集めて、うちの台所で並んで料理するのはどうだろう。

未散はどう思うだろうか。喜んでくれるだろうか。それとも困惑するだろうか。

「ねえ、お昼一緒しない？」

「あっ、いいねぇ、それ」

散々頭を悩ませて恐る恐る切り出すと、未散の返答はさっぱりしたもので拍子抜けしてしまう。でも、彼女らしい。

「外で食べてもいいし、うちに来てくれるなら未散の食べたいもの作るわよ」

「ほんと？　綾香のご飯がいいなぁ」

　まるでもうご馳走を目の前にしたように、未散ははしゃいだ声を上げた。のみならずそろそろと身体を寄せてきて、あっいい匂《にお》い……じゃなくて！

「ちょ、ちょっと！」

「えっへへ～、テスト終わったもんね～。無敵だもんね～」

　はしゃいだ勢いそのまま抱き着いてきて、つい舌の上に甘さを錯覚してしまいそうなくらいスキンシップが激しい。テストが終わって解放的な気分になっているのか、いつになく積極的だった。……周りの目だってあるのに、『またやってる』みたいな感じで見られてるし……。

「離れて」右手を握りしめながらわたしは言った。「……み、見られてるから」

「ん？　誰から？」

「みんな見てる。はずかしい……」

「……もう、しょうがないなぁ」

　なんでわたしが借りを作ったみたいになってるんだ……。

　未散はしぶしぶといった感じで離れた。ほんの、三十センチくらいだけ。離れる代わりに彼女の右手がわたしの左手を求める。まぁ、そのくらいは、と思って応じた。

「じゃあ帰りにスーパーに――」

昼食を一緒に食べて、そのあとは流れで午後の時間ずっと未散を独り占めできるだろう。はやる気持ちを抑えながら、買い物について話していると、

「イナバー！」

そこで未散に声がかかってしまった。咎《とが》められた気がして、反射的に手を離してしまった。呼ぶ声の方、教室の中央を振り返ると女子生徒が三人いた。一人はこちらに手を振っている。

「相沢も、こっち来ない？」

手を振ってる女子が大きな声で言った。深安《ふかやす》さんだ。残りの二人は三城《みき》さんと佐崎《ささき》さん。クラスの中でも社交的な部分は、この三人を中心に回っているといっていい。

一瞬だけ未散と顔を見合わせて、二人で連れ立ってグループに加わる。

前なら未散だけ行かせて、わたしはお一人さまを決め込んでいただろうけど、今は違う。少しずつでも変わるって決めた。同い年の少女たちが当たり前のように持っている社会性を身につける。普通に近づく。今のわたしには必要なことだろうから。

「ファミレス行こうって話してたんだけど、こいつら物わかりが悪くてさ」

といって深安さんは三城さんと佐崎さんの方をあごで示した。深安さんはちょっとだけ口調が荒い、もといお淑《しと》やかではない。

「ドットルがぁ、いいなぁ」

「ちょっち遠くね？」

三城さんがちょっと間延びした口調で対抗し、深安さんが一刀両断《いっとうりょうだん》にする。

「そんで午後はまだ決めてないけどその辺ぶらぶらしよやー」

マイペースなのは佐崎さん。

友達の友達は新しい友達候補。そうあるべきだし、それを否定する気はさらさらない。誘ってもらって嬉《うれ》しいのは事実だし未散も一緒なのは変わらない。なのに嬉しさが減る。わけがわからない。今日は二人きりと思ってた。つまるところ、問題はそこの気分だけなのだ。

「ほら相沢、中立の審判でさ、どっちがいいか、決めてくれって」

「わたしが?」

「そう、ジャッジして」

深安さんの瞳《ひとみ》がきらりと光る。ああ、そういうことか。わたしに役割をくれてるんだ。深安さんはぶっきらぼうでちょっと怖いけど、さりげなく気を回すのがうまくて、面倒見がいい。

わたしは慎重にグループ内を観察する。三城さんの方を見る。興味なさそうに自分の爪《つめ》を見ていて、一瞬こちらにちらっと視線をくれる。人間関係だけを考えて彼女を優先すべきなんだろうか。三城さんを優先しても深安さんはそんなに怒らないだろうけど、深安さんの意見を重視すると三城さんは面白《おもしろ》くないだろう。

いやそもそも今日は未散と一緒に……、もやもやしながら盗み見るように未散の方を窺《うかが》うと、あいまいな微笑《ほほえ》みを向けてきている。

どっちでもいいよ、綾香の好きな方で——以心伝心だった。

決めあぐねるわたしを見かねて、三城さんと佐崎さんが親しみを込めて茶々を入れてくれる。

「迷ったらあたしを信じとけ〜」

「どっちでもええのに」

断れば気分を害してしまうかもしれない。せっかく最近仲良くなれた気がするのに、せっかく誘ってもらってるのに、断るなんてできない。今日断ったら二度と誘ってもらえないかもしれない。

実質的に頭を悩ませたのは十秒にも満たない短い時間だった。唐突だった。深安さんが言った。

「あ、やっぱ相沢は来なくていいわ」

「えっ……」

時間切れを宣告されたような気分だった。

あまりのことに三城さんと佐崎さんが一瞬固まった。

えっ、なんで、もしかしてハブられてる？　わたし何かした？　早く決めなかったから？

疑問符が頭の中を埋め尽くす。

「稲葉も」

だけど深安さんの意図は誰も想像しなかったところにあった。悪意とか、イジメとか、ハブるとかじゃなくて。

「別の約束あるんだろ?」

「どうして、それ」

見抜かれて、未散が目を丸くして問い返した。

「なんたってテスト最終日だからな、遊びの予定はぎっしりだろ。昼飯、どっちがいいか意見だけ置いてってくれな」

そう深安さんは言った。

なんでわたしが他人の昼食を決めないといけないんだ。

「小銭でも投げて決めればいいと思う」

「床に落ちて転がった方にある店ってことか?」

「それでもいいけど、表が出たらこっち、裏ならこっち、みたいに」

「シャレオツ、採用! テストもその手で乗り切ればよかった!」

深安さんが冗談めかすと、三城さんと佐崎さんは身体からこわばりを解いて笑った。

「じゃ、また来週な」

深安さんの別れの言葉に、未散が応じる。

「うん、ばいばい、なつめちゃん」

通学鞄を持って二人で教室を出ると、廊下はどこかがらんとしていた。

……？　深安さん、もしかして気を遣ってくれた？

それにしたって察しがよすぎる気がする。そんなに顔に出したつもりはない。歩きながら手鏡を取り出して、深安さんが気を使ってくれたときの表情を記憶から再現する。『未散と二人きりがいい』なんて書いてあるわけがない。見慣れたつまらない顔だった。

「綾香？　どうしたの？」

「べつに……」

「ん、鏡？　大丈夫だよ、ちゃんと可愛《かわい》いよ」

「……っ」

そうじゃない。全然そうじゃないけど、なぜか嬉しくてしかたがない。

思わず頬《ほお》がにやけそうになってしまう。

ここ最近、わたしの歯車はずっとおかしい。無理に変化を求めたせいかもしれない。

十月二十三日B

「相沢は来なくていい」

「えっ」

『翌日』、二回目の十月二十三日も、やはり深安さんは同じだった。わたしに誘いを断らせないように気を使ってくれる。繰り返しても変わらないってことは、気まぐれや当てずっぽうではないということ。

まるで先の展開を知っているかのような振る舞い方だ。もしかして繰り返しを知覚してる？

――なんて思ったけど、それだと一回目の十月二十三日から先読みしてる説明にはならない。

わたしだってAの日付は何が起こるかわからない。

それに先の展開がわかってて気を使うくらいなら、最初からわざわざ未散に声をかけたりしないだろう。

もしかして深安さんだけが知ってる何かがある、とか。

わたしの考えすぎだろうか。

第一章　忘れえぬ魔女の日常

甲高い急ブレーキの音から逃げるように走っていた。

墨色の夜の底を、わたしは未散《みちる》の手を引いて逃げる。確かに逃げている感覚はあるのに、誰《だれ》から遠ざかりたいのか、何を避けねばならないのかわたしは知らない。知っているのは、指を咥《くわ》えて見ていると未散は死ぬってことだけ。憶えてないけど知っている。必ずそうなる。

心臓は壊れそうだった。走り続けたせいか、不安のためか、わからなくなっている。手を握っているんだもの、無事に決まってる。この手の中に温《ぬく》もりと柔らかさが残っているかぎり、彼女は無事に決まっているのだ。

でも振り返って見る勇気はない。

また脚を動かす。嫌な予感を振り切るように。振り切りたいような予感が芽生《めば》えてしまった今、とうに手遅れだというのに。それを理解した瞬間、握りしめた手の感覚が抜け落ちた。

わたしはまた助けられなかった。

覚悟を固めて、ゆっくりを振り返る。点々と、真《ま》っ赤《か》な足跡がついていた。足跡は一人分で、他には何もない。……ああ、なんてひどい人なんだろう、彼女は。

こんなにも大切で、こんなにも失いたくないのに死んでしまう。わたしを救ってくれて、なのにわたしは無力で、どうあがいても彼女を守れない。地獄だった。

だからこうするしかない。わたしは握りしめた右手を胸の前に持ってくる。そこには未散の左手がないといけなかった。それなのに握っていたのは信じられないくらい軽い果物ナイフ。

瞳《ひとみ》を閉じて、つい今しがた見た景色を思い出す。足跡の向こうに、見覚えのある誰かが横たわっていて、わたしは彼女が事切れていると知っている。手の中のナイフ、誰かの遺体。わたしが殺したの？　そんなはずない。わたしは思い出せる。何もかもを、完全に、完璧《かんぺき》に。わたしが殺したのでないなら、じゃあどうして彼女は倒れているの？

理由なんて、どうだっていいじゃない。

もう彼女は死んでしまっているのだから、『今日』することは何もない。

じっと一秒だけ鋭利な果物ナイフに映る自分と見つめ合う。あとはもういいよね。苦しくないやり方。究極の自傷行為。何万回と繰り返した動きはよどみなく再現された。

稲葉《いなば》未散が死ぬ夢を見る。

交通事故だったり、階段から落ちたり、雷に打たれたり、いくらデタラメと支離滅裂が通り相場の夢とはいえ、めちゃくちゃだった。ひどいときには通り魔に刺されて命を落とすこともあった。死もさることながら暴力にさらされるのはとてつもなく恐ろしい。

どんなに抵抗しても無駄だった。あらゆる備えを飛び越えて、初めに結論ありきで彼女は死んでゆく。そのたびにわたしは絶望して後追い自殺をする。

そうすればその一日が『採用』されなくなるから。なかったことにできるから。わけがわからない。どうしてわたしが死ぬと採用されなくなるのか。自己中心的に考えすぎだ。わけがわからないなりに、わたしはそのルールを忠実に守り続けた。

「最近変な夢をみるのよ」

ずっと夢を見たことがなかったわたしは、最近一種類だけ悪夢を見るようになった。

「ふぅん」

テーブルの向こうにいるのは、ときどき夕食を食べにくる従姉、水瀬優花《みなせゆうか》以外にはありえない。

日曜日の夜、優花はシュークリームを頬張《ほおば》りながら、話を聞いてくれた。

夕食を食べにくるときに、結構な頻度でスイーツを持参してくれるんだけど、こいつはわたしを豚《ブタ》にしたいのかな？

というかなぜこいつは太らない？

お化けなの？

「どんな夢？」

「その、大切な人が、死んでしまうの」

優花はゆっくりとまばたきした。

シュークリームを頬張りながら動きを止め、目を丸くした。

「わたしは何が起こるか知っていて、それをふせごうとするんだけど、うまくいかなくて。何回やってもダメで、そのうち悲しいって気持ちもあんまり感じなくなって」

具体的な話に踏み込むべきときになって口が重い。

いざ言葉にして他人に説明しようとすると、その成り行きはあまりにも生々しく、心情的にとても説明できない。未散が死んでしまうだなんて、口に出すのもおぞましいことだ。

「おおーっ、なんて悲劇なんだ！」

優花はわざとらしく天を仰《あお》いだ。

「綾ちゃんの夢の中で、あたしは毎晩死んでしまうんだね！」

「……」

相談する相手を間違えたと思った。

優花はわたしの軽蔑のまなざしにも動じず、いつも通りの口調で言う。

「にしても夢のことでしょ。そんなん憶えてられるの？」

「わたしの記憶力のこと、忘れたの？」

わたしは生まれつきものを忘れない。

どんな些細《ささい》なことであっても決して忘れない。一度見聞きしたことならいつでも思い出せる。

五歳の五月五日に履《は》いていた靴下の柄も、十歳の十月十日にくしゃみをした回数も、何もかもを昨日の夕飯と同じ密度で思い出せる。

だから睡眠中に空想した景色の一つや二つ、思い出せるのは当然なのだけど、見たものがものだけに清々《すがすが》しい気分にはなれない。

「そういう意味じゃなくて、綾ちゃんは超人だなぁって」

目を細めて優花が言った。記憶力がよくて羨《うらや》ましいとか、知らないはずのことを知っててすごいみたいな、びっくり人間って言いたいんだろうけど、いつものことはずのそれがひどく被害妄想をかきたてた。

「化け物扱いしないで」

「そんなつもりはないけど。でも普通夢は憶えてないよね」

人は一夜の眠りで四から五個の夢を見るといわれている。けれども翌朝憶えているのは普通一個か二個がせいぜいだ。そして夕方になる頃には、脳が作り出した幻覚のほとんどを人は忘れてしまう。

わたしは忘れない。

わたしの記憶力は完璧だから。

たとえ夢のことであっても例外ではない。

「……綾ちゃん、ちょっと変わったね」

「そうかしら」

「化け物扱いしないで、なんて前なら絶対言わなかった」

確かに。

いい気分はしないだろうけど、人の見方に注文をつけるなんてしなかっただろう。

「人からどう思われても、きみは気にしなかったと思うよ」

それは……、人としてどうかと思うけど、まったくその通り。

誰になんと思われようが知ったことではなかったし、誰よりも自分自身が自分のことを信用していなかった。他人の気持ちを平気で踏みにじる化け物だと、そういうふうにしか生きられないと諦《あきら》めていた。

でも。

そういうのはもうおしまいにした。

何がきっかけとか、はっきりさせる気もないけど、変わらないといけないはずだから。

「弱くなったね、綾ちゃん。おめでとう」

まったく邪気のない笑顔で優花は言った。

なんなんだ、その引っかかる言い方は……。

十月二十八日A

問い、今週最後の月曜日の四日後であり、かつ最初の水曜日の三日前である日は何曜日か。

答え、火曜日。ただし全部で七日あった。

中間考査が終わった。もちろん、こういう不条理な出題はされなかった。

わたしは今回も無事に成績優秀者の身分の維持に成功した。意外かもしれないけど社会性皆無なので、わりと死活問題なのだ。不思議なことに、ただお勉強ができるというだけで、あずかることのできる恩恵は計り知れない。

そんな一回目の水曜日の放課後は明るい色の雲に覆《おお》われ、まとわりつくような湿気の底にあった。わたしは昇降口脇に立ち尽くして未散を待っていた。

一緒に帰ろうと約束したのに、職員室に行ったきり戻ってこない。

先週の考査の成績が目を覆《おお》うばかりのありさまだったので、担任教師から冷たい声で呼び出しをくらっていた。

わたしは無機質なリノリウムの床に立って廊下の壁に背中を預けて待っていた。人気のない昇降口の隣で、下駄《げた》箱を横目になんとなく憂鬱《ゆううつ》な気分のまま、手の中の文庫本に全然集中できずにいた。冷たい空気が外から校舎の奥へ抜けていく。

親しい人を待つ時間って本当はもっと温かい気分なんじゃないかとも思うけど、こんなに秋が深まっているならしょうがない。

こんなに空気が冷たいのだから、人恋しい気分になってもしょうがないじゃない、と誰が責めるでもないのに責任転嫁ぎみに唇を尖《とが》らせた。

「ごめんね、待たせちゃって」

なんて一人で勝手にふて腐れている間に未散が職員室から戻ってきた。

「お疲れさま」

「補習はなんとか許してもらったよ！」

解放された未散は勝訴の二文字を背負って飛び上がらんばかりに喜色満面だ。つられてこちらもほっこりしてしまいそうになるけど、赤点回避で安心はしていられないだろう。というか春頃《ごろ》はこんな低空飛行していなかった。最近特に成績を落としている気がする。

「でも、期末考査で赤点貰《もら》ったら冬休みがなくなるのよね」

ちょっとだけいじわるしたくなって、軽口を叩《たた》いてしまった。

「もしかして見てた？」

未散の顔にさっと朱が差す。

「ううん。でも待ってるのはつらかったわ」

「うう、ごめんって……」

珍《めずら》しくわたしが責めるような言い方をしたので未散を困らせてしまった。なんて可愛《かわい》くないやつなんだろう、わたしは。

愛想を尽かされてしまう……。フォローしないと。でもなんて言えばいいの。

「えっとね、……待つのはべつによくて、つらいけど我慢するわ。でも、テストの点数がよくないのは、……その、よくないでしょ？」

よくないのはよくない……。頭がバカになっていた。

「だから、その……期末は、い、いっしょに勉強しましょう？」

あざとい。

なんてあざといやつなんだ。我がことながら呆《あき》れ返ってしまう。

さりげなく主導権を握りつつ、ちゃっかり独り占めを予約している。相手のためを思い遣っているようでいて、考えているのは自分のことばっかり。小賢《こざか》しい。きっと見透かされた。軽蔑《けいべつ》された。

わたしは恐る恐る未散を上目に覗《のぞ》き見た。

一瞬だけ目が合った。

「――っっ」

抱きしめられた。なんだこれ。一瞬だけ垣間見《かいまみ》た未散は頬《ほお》を紅潮させていた。

なぜ……？

「み、未散……？」

「綾香《あやか》っ！」

く、くるしい……。

何が起きた。これはどういう魔法？

「可愛すぎた！」

「どういうことなの……」

「反っ、則っ、級に可愛かった！　いっぱい勉強しようねっ！」

頰を擦り合わせて、──洋画のハグでもここまで熱っぽくはやらない──なんだかいい匂《にお》いがして頭がぼうっとしてくる。

そっちこそ反則だ。こんなストレートに気持ちを表現するなんて。わたしにはできないやり方だった。でもこの手はまた使おう、そう思った。

最近、未散がやたらスキンシップを求めてくる。文化祭の後くらいから異様に距離感が近い。まぁ、わたしもあの不安に満ちた一日《十月五日》のこともあったし、未散の方から求めてくれるのは歓迎……、じゃなくて、別に嫌ではないんだけど。

違和感を抱えながら靴を履き替えて外へ出る。

昇降口から見上げる緑が色づくにはもう少しかかりそう。中秋の冷たい風が上気した頰を撫《な》でると寒さが一層際《きわ》立《だ》った。

「寒い……、寒いわ未散」

精一杯の甘え根性を見せてみる。甘えてるけどこれは根性くいしばって甘えているわけだ。

「まだ十月だよ？」

「二十四節季じゃいまごろはもう霜降《そうこう》なんて呼ぶのよ。霜が降りるって書いて。だから」

「綾香はお肉ぜんぜんついてないからね。寒いのもしょうがないかもね！」

密着するような体勢で未散が脇腹に腕を回してくる。

「ちょ、ちょっと！　変なとこ触らないで」

「うーん、このお肉は霜降《しもふ》りにはちょっと足りないかな……」

「ほ、褒《ほ》めてんのか、貶《けな》してんのかっ、よくわからないけど！」

「褒めてるに決まってる」

ひとしきり人の脇腹を堪能《たんのう》して、未散はさっと軽《かろ》やかに一歩二歩、踊るような動きで身体を離す。

性格がよくて、活発で、友達が多い。わたしとは正反対の友人。

他人と触れ合うことを恐れる気持ちをみじんも感じさせない。

けど、遠いとは思わない。

いつだって彼女は手の届く距離にいてくれるから。

「ねえ、未散」

「ん？」

「手を、繋《つな》がない？」

ごく自然に、未散はわたしの差し出した手を取ってくれた。

そうしたら互いに顔も直視できない。意識しているのは明らかだけど、それを悟られないように会話を続ける。奇跡的なバランスの上に成り立っている関係。

――『わたしたち、名前で呼び合おう』

胸が高鳴った。

痛いくらい強い鼓動だった。

その心地よい痛みは今も続いている。

色あせない記憶は、あのときの胸の高鳴りをそのまま今に伝えてくれる。思い出すたびに寿命が縮んでいるんじゃないかってくらい、わたしの心臓は全身に血液を送りまくるのだ。

あの瞬間からわたしは「稲葉さん」と呼ばなくなった。彼女から「相沢《あいざわ》さん」と呼ばれることもなくなった。

はっきりと関係が変わった瞬間だったと思う。

関係に合わせて呼び方が変わったのか、呼び方を変えたから関係が進んだのかはわからないけど、わからないままでもいいと思っていた。

霜降の季節、それは中間考査が終わってすぐの頃だった。

十月二十八日B

知ってるかもだけど、この世界は繰り返している。

この十月二十八日は二回目だ。

昨日も十月二十八日だった。

世の中の常識では同じ日は一度しか来ない。だから毎日をかけがえのないものとして後悔がないように過ごさなければならない。……ということになっている。

わたしに言わせればこれはまったく正しくなくて、同じ日は飽きるほど何度も来る。具体的には平均五回くらい。ただし一日分の出来事しか採用されないし、どの一日が採用されるのかはわからない。人間は採用された日の出来事とその記憶だけを手土産に貰い、採用されなかった一日たちはすべて『なかったこと』になる。

だからどの一日が『採用』されてもいいようにしなくてはいけない。

たとえば定期考査の日が繰り返されるなら、毎回満点完答を目指さなくてはいけない。さもなくば手を抜いた回が採用されても文句は言えない。

毎日を無為に過ごしてはいけない。いくら憶えているからといっても、まさか魔法でも使わなければ昨日には戻れないのだから。

すでに述べたようにわたしは、どんなことでも一度見たり聞いたりしたことは絶対に忘れられない。そういう体質なのだ。

両親はわたしの境遇を認めなかった。

わたしの主張を一切《いっさい》認めず、嘘《うそ》つきとして扱い、けれどわたしは態度を変えることができなかった。『採用』されなかった一日で得た記憶を活用し、『予言』を行った。人の行動を先読みし、学校のテストでよい点数をたくさん取った。

『自慢の娘よ』

そう言ってもらいたい一心だった。

その結果、わたしは母を追い詰めてしまった。

――あんたなんか魔女よ。

わなないた声音《こわね》を、はっきりと憶えている。忘れることができない。

ありのままの自分を親に認めてほしかった。

他には何もいらなかった。

たった一つの願いは皮肉な形で叶《かな》えられた。

母と父は決して広いとは言えない庭に離《はな》れを建てて一人娘を隔離《かくり》した。かくしてわたしの主張は認められ、魔女として扱われるようになった。

当時は恨みもしたが、今となってはまぁ気持ちもわかる。幼い娘が起こりもしなかったことを語り出したり、してもいない約束を持ち出し始めたら虚言を疑って当然だろう。それでいて本人が至《いた》って大真面目《まじめ》な顔をしていて、何度叱《しか》っても直らず、しまいには病院に連れていったけど、脳みそがきわめて正常で医者が匙《さじ》を投げたならもうどうしようもない。

あの頃、ありのままの自分とは、確かに魔女だった。

というわけでわたしは今日もこの狭苦しいプレハブで寝起きしている。気楽な生活だが断熱材が少なくて夏暑くて冬は寒い。はっきり言って劣悪な生活環境だ。年寄りはもうちょっといたわるべきです。こちとら体感上はもう七十五年以上生きているのだから。

ちなみに五つずつ歳《とし》を取るのは精神的に結構来るものがある。


『前日』、未散を待っていたのと同じ時間、わたしは美術室の前にいた。

どのくらい待てば彼女が戻ってくるのかだいたいわかったので、その時間を冷たい廊下ではなく別の場所で過ごそうと思った。

室内に足を踏み入れると、中にいた人が振り返る。

「相沢さーん、来てくれたですね！　今日も教えてください！」

「……いいけど」

部室には浜野《はまの》アリアが一人いたきりで、彼女はわたしの姿を認めると子犬がじゃれつくような勢いで駆け寄ってきた。

文化祭の後、ちょっと話して、それから二週間。こんなに親密になれるとは夢にも思わなかった。

「一人？　部長たちは？」

「お天気よくないですから」

本格的に崩れる前に帰ってしまったのだそうだ。浜野は不満げに言った。

「熱心ね」

「ジョーズになりたいですから！」

浜野は鼻息荒く断言した。失礼ながら発音が怪しすぎて、わたしの頭の中はサメだらけになった。

「教えてください！」

「はいはい」

週に何度か、わたしはこうやって美術室を訪れ、浜野と話をする。

かつての確執《かくしつ》を水に流して、というのはなかなか難しいけれど、忘れたような顔をしてわたしたちは絵の話をする。

「この感じはどうすれば出ますか？」

浜野は古い絵に独特のひびを指した。

「この表面を今すぐ作るのは無理ね。この顔料が五百年たつとこうなるのよ」

浜野の今の研究テーマはわたしが昔描いた絵だった。今となってはちょっと恥ずかしい出来なんだけど。

「じゃあ相沢さんはどうやって？」

「オーブンで焼くのよ」

浜野は目を丸くした。口を半開きにしたまま固まってしまって、ちょっと面白《おもしろ》い。

「一〇〇度くらいの設定で一時間、じっくり焼くと絵具の表面に亀裂が入ってそれらしく見えるわ」

紙の発火点は四五〇度、絵具は二〇〇度程度なので、温度管理をしっかりやれるならそんなに難しい話じゃない。

元々は古画偽造《こがぎぞう》のテクニックだけど、売ろうとしないかぎり百パーセント合法だ。経済的に自立したいと思った時期に一通り調べたので知っている。

「すごいです！　相沢さんはなんでも知ってます！」

なんでもは知らんけど……。

でも人よりはちょっと詳《くわ》しいかもしれない。

そんな小手先の知識は熱意には勝てない。絶対に。いつか、この小さな芸術家がわたしを上回るだろう。忘れないだけの才能を圧倒的な感性で凌駕《りょうが》してくれるに違いない。

きっと素晴らしいものが見られる。その感動のためなら協力は惜しまない。

「ね、相沢さん、もひとつ聞いていいですか？」

「何？」

てっきり絵の話だと思っていた。

浜野はそれ以外にまったく興味がないと思っていたから。

「稲葉さんと、とても仲良しですよね」

意外な角度からの質問だった。

「そ、そうかしら……」

「しらばっくれてもムダですよ。有名ですから」

そんな有名なのか。というか誰が話してるんだ。

浜野の追及は思いのほか深いところを刺した。

「恋人同士ですか？」

「……」

違うわよ、その一言が言えず、絶句してしまった。

考えたこともなかった、……わけではない。もしそうなら答えるなりはぐらかすなりできただろう。

「どうして、そんなこと聞くの？」

つまり、考えたのだ。

それも一度や二度ではなく、常に考え続けていたといってもいい。――未散とわたしの関係って、なんだ？

「みん、……あ、えっと、誰かが相沢さんと稲葉さんは付き合ってる、って話してたので」

浜野は「みんな」と言いかけた。

みんなに噂《うわさ》されてるのか……。

というかみんなって誰だ？　どこからどこまで？　浜野の親しい人？　浜野のクラス？　別のクラスの人が話すくらいホットな話題《トピック》なの？

「付き合って……、……」

「……？」

浜野が小首をかしげる。愛らしいしぐさで。

真ん丸な瞳がまっすぐこちらを見ている。

「ないこともないような、でも……」

でも、はっきりと確かめたわけではない。わたしは口をもにょもにょ動かすしかない。

親友と思っていた。

でも親友同士は普通キスしない。

というかキスした……。

それも一回だけじゃない。

最初はキスされて、別の日には自分から……。

「結局どっちなんですか！」

煮え切らないわたしの答え方に、浜野は納得いかないようだった。

「……わからないのよ」

関係がわからない。

はっきりさせていない。

それは背筋がぞわぞわするような感覚だった。

これってかなり未散に悪いことをしてるんじゃないだろうか。

そういえば「好き」とも言ってないし言われてない。気づいて愕然《がくぜん》とした。

嘘でしょ……、と胸の内につぶやきを落とす。告白もしてなければ恋心のありかさえさだかではない。でもキスしてる。雰囲気に流されて。これ、とんでもなくふしだらなのでは？

「わからないって、そっちの方がわからないですよ。自分たちのことなのに」

浜野は不機嫌そうになって言った。

「まぁ、言いたくないならいいですけど」

雨降りの気配がする夕方の美術室で、浜野は拗《す》ねたみたいに唇を尖らせた。

十月二十八日C

昔からずっと友達がいなかった。

誰も彼もが去っていった。

代わりにわたしはなんでもできた。

なわとびも、あやとりも、何もかも人並み外れてできた。

家事も、学校の勉強も、何もかもを要領よくこなすことができた。

あれをやってとか、これを教えてとか、なんにでも応じた。快《こころよ》く応《こた》えた。子供たちばかりじゃなく、大人たちにも一目置かれていた。だけど、応え続けて、行き着く先はまた孤独だった。

――なんでそんなにできるの……。

――気持ちわる……。

最後にはいつもそうだった。

辛辣《しんらつ》な言葉や視線に慣れるより先に、わたしは無表情の仮面を被ることを覚えた。

氷でできた仮面。

重くて冷たくて、けれど苦痛ではなかった。とっくに感覚は麻痺《まひ》していた。

未散に出会うまで知らなかった。

孤独の味も、人から求められる意味も。

自分が寂《さび》しいと思っていることにさえ気づいていなかった。

何も忘れないはずのわたしが無視することを決めた感覚を、未散は思い出させてくれた。

だから、人間になろうと思った。文化祭が終わって三週間、わたしは必死に自分を変えようとしていた。

昼休み後半の教室。

「綾香も来てくれる？」

「うん」

未散に手を引かれるかたちでグループに入っていく。

深安《ふかやす》なつめ——深安さんと、彼女が親しくしている二人。三城《みき》さんと佐崎《ささき》さん。昼休みも後半戦、フォトSNSとかお菓子の話なんかをしながらも、手の中にはしっかり英単語帳がある。午後の小テストに備えているのは、ここがまぁまぁの進学校だからだろう。

ぶつかる視線と視線、六つの瞳が一斉にこっちを見た。

それは文明と文明の衝突に似ている。

一瞬だけ緊張が走るが、気にするようなことじゃない。それほど気心の知れない相手と接触するときにはかならず起こる人として当然の反応だ。

「やほーっ」

人懐《ひとなつ》こい調子で未散が手を挙げた。

「どこでも一緒って、感じか」

並んだわたしたちをじっくり見て、深安さんが苦笑する。

「仲良きことは美しきかな、やな」

佐崎さんが同調し、三城さんがうんうんと頷《うなず》く。

「まぁね」

十五歳の公園デビューね。自嘲《じちょう》したくなるのをぐっとこらえて、にっこりそつのない笑顔で応じる。……うまく笑えてるかしら。

そんなわたしに座席を勧《すす》めながら、深安さんがにやりと歯を見せた。

「相沢、やったらしいね」

「心当たりがありすぎて」

未散が座ってから、わたしもグループの周りに腰を落ち着ける。

「くくっ、とぼけなくていいって。中間考査だよ」

「ああ……」

先週行われた中間考査のことを、深安さんは言っていた。

採点結果なんて優花以外の誰にも話していないのに、どうして広まるのかわからない。

「どういう頭のつくりしてんのー?」

深安さんが冷やかすように言ってくれる。

それなりに打ち解けてるからこそのいじりなので、つい嬉《うれ》しくなってしまう。

「問題がかんたんすぎるのよ」

冗談を言うと、彼女たちはきゃーきゃー笑った。

わたしは教師ウケが最悪に近いからせめてテストの点だけは取っておかないと学校生活がつらいものになってしまう。どうやっても楽しそうに授業を受けることができないからだ。

点数を取るだけで許してくれる先生や、生徒の自主性を尊重してくれる先生はそれでいい。人格教育にも熱心な先生や、努力がすべてを超越すると無邪気に信じている子の相手は、考えるだけで気が重くなる。

「まったく。隣のクラスの矢野《やの》ちゃんなんか、窓から叫んでたよ～？」

と、深安さんはにやにや笑う。

今週月曜日の事件だ。昼休みもたけなわの十二時半頃、複数の生徒が窓の外から奇声が聞こえてきたと証言している。その内容「なんでなんだ」から、この騒ぎは『なんでなんだ事件』として広まった。

主犯は隣のクラスの矢野さん。

「お気の毒さま」

彼女が満点を取れないのはわたしのせいじゃない。わたしが魔女なら朝寝坊もコンビニのレジ前で小銭をぶちまけてしまったのも思ったような成績じゃないのも、全部わたしが呪ったせいにしてくれていい。けれど魔女はもうやめると決めたのだ。わたしのせいにされても困る。

「ゆーて、なっちゃんも今回よかったやんな。赤点なしどころか平均あるやん」

佐崎さんがチャチャを入れ、

「平均で威張れるかい」

深安さんが座りなおしながら抗議する。

「相沢さんとお話するようになったからやな」

「ご利益《りやく》ご利益」

佐崎さんと三城さんが手のひらをすりすり拝《おが》んでくる。神妙な顔で。ものすごく居心地が悪い。

一方未散は無邪気なもので、

「さすがだよね！」

何がさすがなのか……。さっぱりわからん。

「あんたはもうちょっとお勉強をがんばれ」

「一夜漬けなんかしたらお肌ちゃんがかわいそうでしょ！」

深安さんの冷静なつっこみに、未散はものすごくダメな主張をしている。

「普段からやれ……っつーのはあたしが言えるセリフじゃないな。だいたいお肌っても、超天才児の相沢はお肌超綺麗《きれい》でしょ。……何時に寝てんの？」

夜十時、と即答するつもりだった。できるだけなんでもないことのように。そうすれば、ちょっと驚きこそあれ、会話はさらりと流れていくから。

でも未散の存在を意識したとき、

『恋人同士ですか？』

と記憶の中の浜野が言った。そのせいで一瞬、思考が止まった。その一瞬が、わたしがこの問いかけに即答をする最後のチャンスだった。

「…………」

答えようがなかった。

正直に答えればろくに勉強もしてないくせに、となるし、いっそ嘘をついて毎日深夜二時まで勉強してるがり勉キャラでいくことも思いついたけど、それはそれで夜更かしお肌つやつや妖怪《ようかい》になってしまう。

「綾香は夜十時に寝てるんだよ。もちもちお肌の秘訣《ひけつ》だよねっ」

「ちょっ……」

頭を抱えたくなった。無邪気に笑う未散を責める気にはなれなかった。答えあぐねたわたしを助けてくれたのだ。でも、居心地は確実に悪い。そんなわたしの内心を知ってか知らずか、未散は「すべすべー♪」なんて上機嫌になりながら人の頬を撫でまわしてくる。

というか未散だって肌綺麗なんだから自分のほっぺを触っていればいい。むしろ触りたい。

頼んだら触らせてくれるのかな……。

「じゅっ――」

「別に夜十時に寝るくらい普通じゃない？」

七時とか八時に寝てるわけじゃあるまいし。いや別に早寝してもいいと思うけど。日没後数時間経《た》ってもまだ起きているなんて、人工照明が普及したここ最近――、数世紀の比較的新しい習慣だし。

「ぜんぜん普通じゃない。人生損してる」

「それでテストの点数がいいってずるいわぁ……」

心の底から羨ましそうに佐崎さんが言ったのを最後に、会話が途切れた。

みんなあぜんとしていた。

気持ちはわかる。夜十時に寝てるくせにテストの点はきっちり取るなんてインチキしてるとしか思えないだろう。ただでさえわたしは教師を買収してるなんて噂《うわさ》を立てられるくらいなのだから。

だけど深安さんたちがあぜんとしたのは別の理由だった。

「やわらかいなぁ……。ずっと触ってたいなぁ」

「ちょっと……？　未散さん？」

「何かな？」

「みんな見てるから……。そういうのは、二人きりのときに」

何言ってんだわたしは。

熱に浮かされて思考がまともに働かない。

うう、人前で好き放題ほっぺをいじりまわされた……。もうお嫁に行けない。責任取って。……なんてバカみたいな考えが頭をよぎった。

「あっ、そうだね。ごめんね！」

未散は素直に身体を離す。

四方八方から怪訝《けげん》そうな視線が集中した。

気まずい空気を破って、訊《き》いたのは三城さんだった。

ちょっと訊きにくそうにして、けれど好奇心を抑えきれなかった。そんな感じの態度で。

「二人はさぁ、……そのぅ、付き合ってんの？」

頭が真っ白になった。

つき、つき、つ……キツツキ……。

空っぽの頭を想像のキツツキ（鳥綱《ちょうこう》キツツキ目《もく》）がこんこんとつつくと、頭蓋骨《ずがいこつ》の中でぼわわんと反響した。

浜野と同じ問いだけど、三城さんに訊かれると衝撃は倍くらい大きい。周りに人がいるからかもしれない。もしくは二人目だからかも。何か共通の出来事があって、別のクラスにいる浜野と、このクラスの三城さんの二人が同じ問いを発することになった、なんて推測が成り立つ。

「あ、……もしかして、聞いたらあかんやつだった？」

空気が変わる。満座《まんざ》が息をひそめてなりゆきを見守っていた。

何かを気取られるのが怖くて未散を見ることもできない。彼女は今どんな表情をしているんだろう。嫌そうにしてたら、そう考えるだけで寿命が縮む気がする。

針《はり》のむしろみたいに居心地悪くて、なんか容疑者みたいだな、とか場違いに思った。

「違うよー」

未散がほがらかに笑いながら軽い調子で答える。

話題ごと流してしまおうって意図がありありと読み取れた。

「隠さなくても」『うちら変な目で見たりしないし』『そうそう」

と、深安さんも佐崎さんも三城さんも、声をそろえてフォローしてくれる。

けど。

「だいたい女の子同士だよ。ほら、綾香も困ってるし、この話やめよ?」

未散は百点満点の回答を返した。

胸の奥がちくりとした。傷つくようなことじゃないはずなのに。それは何かを期待していた動かぬ証拠だった。裏切られたと思ってしまうのは、何かを期待していたから。

邪推《じゃすい》されるのは何も初めてのことではない。未散が否定するのもいつものことだ。だけどいつになく居心地が悪かった。苛立《いらだ》ちにも似た不快感が胸に満ちた。

「ね? 綾香」

「そうね」

喉《のど》から出たのは自分でも驚いてしまうくらい抑揚のない声。

わたしは未散のなんなの？


放課後。

いつもの時間、今日もやっぱり厚い雲が空を覆い、雨の匂《にお》いのする地上は底冷えしている。

一緒に帰るためにわたしは未散が職員室から戻ってくるのを待つつもりだった。

「先に帰ってて」

なのに、未散の行動が変わった。

前日までなら「すぐ戻ってくるから」だったと思うけど。

「どうして？　待つけど」

もしかして三城さんの「付き合ってんの？」のせいだろうか。

未散は昼休みのことをすごく意識してて、だからよそよそしくされてる？

「……」

ちょっとの間があった。

「長くなりそうな気がするから」

「デジャヴ？」

「……うん」

その言葉が嘘だとわたしは知っている。前の『三日』はそんなふうには言わなかったから。

でも。

「わかったわ。じゃあ、また明日」

「うん、ばいばい」

隠し事をされて、また胸の奥がちくりと疼いた。

誰にでも隠し事の一つや二つあるだろう。あって当然だ。わたしだって……、未《いま》だに話せていない。記憶力のことも、繰り返してる《世界の秘密》ことも。話したけどなかったことになった。本当に明かしたいなら何度でも打ち明ければいい。わかって欲しいなら何度でも繰り返せばいい。けど、なかったことになった状態をそのままにしている。

わたしだって隠し事をしている。

人のことを責められない。

★

二日連続だった。

浜野と三城さん。まったく接点のなさそうな二人の口から同じ言葉を聞いた。

『付き合ってるの？』

その背後に隠れている言葉を幻聴した。

（――誰がどう見ても）

同じ声を未散も聞いたのかもしれない。

で、未散はわたしを遠ざけた。少しだけ。ほんの少しだけだと信じたい。

どうして三城さんはあんなこと訊いてきたんだろう。浜野と同じ理由かとも思ったけど、真相はもっとわかりやすいところにあるかもしれない。

つまり、前の二日とわたしの行動が違っていたから、だ。

学校から自宅の通い慣れた道を帰りながら、頭の中は今日あったことばかり考えていた。

行動を変えたのは『前日』、浜野に問われたからで、浜野に問われたのはたぶん日頃《ひごろ》の行いの結果だから、……結局は自業自得ということになる。

わたしはどうなりたいのだろう。

未散にどうして欲しいのだろう。

もやもやするし、そわそわした。

こればかりはいくら歳を重ねたといってもわからないことだらけだ。

未散はいつも、わたしをそれまで経験したことのない気持ちにしてくれる。

繰り返して、繰り返して、似たような日々ばかり繰り返して、わたしの精神は肉体よりもかなり多くの歳をとった。

老いた、と言い換えてもいいかもしれない。

変わり映えのしない日々は、精神を老化させる。

特に天気や、テレビの録画放送のような前もって決められていることほとんど変化せず、毎日同じことを繰り返してくれて、わたしに猛毒のような退屈ばかり与えてくれる。繰り返しの中で変わりうるのは、偶然や人の気まぐれのようなあいまいなものだけ。

だから変化を望むなら、自ら作り出すのが一番だ。

それが必然なのか偶然なのか、一回きりの十月二十八日Cから判断することはできないけど、

『昨日』と違う時間に帰宅した結果、思わぬ場面に出くわすことになった。

声は母屋《おもや》の玄関から聞こえた。

「今日はありがとね。寒くなるから身体には気をつけるのよ」

「はーい」

つい隠れてしまった。門扉《もんぴ》の陰に身を隠して、全身を耳にして会話を盗み聞きする。

母屋の玄関で誰かと誰かが話している。

「あの子がどうしてるか、優ちゃんが見てくれてるから安心ね」

「お任せください」

芝居がかった調子で優花の声が言った。自信ありげな表情で胸を張っている姿を連想した。

優花が話しているのなら、相手は……。

「ほんと、お願いね。……じゃあ、また」

「はーい、また来月」

優花が歩き出す足音がして、ちょっとしてから母屋の玄関の扉が閉まる音がして、再び優花の歩幅が作り出す規則正しい足音だけになって、一歩、二歩、三歩目は聞かない。

「どういうこと?」

腕を組んで立ちふさがる。

パンツスタイルで、ロングカーデを肩掛けにしたそいつと対面する。

「げっ、見つかった!」

現行犯の見本のような気まずそうな表情をする彼女に、わたしの追及は火のような勢いを得た。

「なんであんたがわたしの家から出てくるのよ!」

優花は母と会っていた。

頭の片隅の冷静な部分が告げる。別にいいはずだ。優花がわたしの実家に出入りするくらい。想像もできる。わたしの素行を両親に報告しているのだろう。当たり前だ。むしろしてくれないと困るくらいだ。

だけどここまでわかっていたのに、平気なはずなのに、腹が立った。

たぶん、隠れて会っていた、というのが気に入らないのだ。

「もう一回だけ訊いてあげるわ。どうして、あんたが、そっちから出てくるの?」

わたしは念押しした。もう一回、に力を込めて、優花に弁明の最後のチャンスをくれてやったつもりだった。なのにやつときたら目を逸らして、まだはぐらかせるつもりのようだった。

「えーっと、……なんでもないよ」

「はあ?」

わたしが自由に出入りすることを許されていない家から、ごく自然に出てきた彼女の姿を目にしたとき、猛烈に腹が立った。

わたしが喉《のど》から手がでるほど和解を望んでいる母と、つい今しがたまで仲良く会話していたのだと思うと、堪《た》えがたい嫉妬《しっと》心に苛まれた。

「なんでもないわけ、ないでしょうが。わたしの親と会ってたんでしょ?」

「浮気《うわき》とかじゃないよ?」

「当たり前でしょ!」

自分ちの庭できゃんきゃんやり合うのはまったく好みじゃないけど、荒《すさ》んだ気持ちは全然収まってはくれない。

母の耳に届いてしまうかもしれないと思ってもやめられなかった。

「ちゃんと説明して。何を話したの?」

「大したことじゃないよ。昨日の夕飯とか、見た夢の話とか、……だよ。ほら、部屋に入ろ？日も落ちてきて寒いし、風邪《かぜ》ひいちゃうよ？」

優花はもにょもにょと要領を得ない。誤魔化《ごまか》されているのは誰の目にも明らかだった。

「説明してって言ってるんだけど。聞こえなかった？」

「………」

納得するまでここを動く気なんかない。

それに対する優花は沈黙を選んだ。

すっかり黙秘権を行使する構えだった。

「わたしに言えないようなことなの？」

「………」

あったまきた。

最初からキレてたけど、もっとキレた！

「えっ、あっ、ちょっと綾ちゃん⁉　どこ行くの？」

わたしは優花に背を向けて門扉を出た。

誤魔化されるのはいい。騙《だま》されるのもいい。知恵のかぎりを尽くして欺《あざむ》いてくれるなら、本気でわたしに向き合った結果だからそれでいい。ころっと騙されてやったふりをしてあげてもいい。

でも、手抜きをするなら話は別だ。

相手が手抜きするならわたしだってまともに取り合ったりしない。

「ちょっと待ってよ。もう。謝るからさ」

家を出ても行くところなんてない。それでも足は止まらなかった。靴を睨《にら》みつけながら、二本の足が動くままに任せて進む。優花に背を向けて、まるで逃走だった。

民家が、マンションが、花屋がパン屋が、クリーニング店が、雑貨屋が、地元の風景がどんどん後ろに流れていく。

やがて行く場所もないわたしが行き着いたのは、自宅から二十分くらい離れた公園だった。木野花《このはな》市では敷地面積で高校の隣にある水辺《みずべ》公園と頂上決戦できるくらい広い運動公園で、広い運動場とよく手入れされた芝、木陰《こかげ》もあれば市民ランナー御用達《ごようたし》の外周コースもある。おまけに体育館と屋内プールと市民会館まで併設されている。今日はそっちに用はないけど。

わたしは運動場を見下ろす位置に設《しつら》えられたベンチの一つに落ち着いて、早歩きで乱れた息を整えた。

「ちょっと綾ちゃん？　おうち帰らないの？」

優花が当たり前みたいについてきていて、隣に腰かける。どういう体力をしているのか、息を乱した様子もない。

「あんたが来るなら帰らない」

「寒いでしょ？」

「寒くない」

十月下旬の日没近くだ。寒くないわけがない。

「やだぁ、綾ちゃんが熱出して苦しんでるとこ見たくないよぉ」

おろおろと狼狽《うろた》える優花なんてめったに見られるものじゃない。しばらくそうさせておけばいい。

優花は手を変え品を変え、懐柔しようとしてきた。

「怒った顔も可愛いね！　尖った唇にキスしたいよ！」

おだてて、

「先週テストだったよね？　また全教科満点なんでしょ？　綾ちゃん可愛いだけじゃなくて頭もいいからなぁ」

褒めそやし、

「ご褒美欲しいよね？　週末にお買い物行こっか？　なんでも買ってあげるよ」

物で釣ろうとする。

子供相手に毅然《きぜん》とした態度も取れないダメな大人の代表例だった。

情けなくなってきた。わたしの生活がこいつに依存して成り立っている現実を見つめなおすと情けなくて消えたくなる。どうしてこんなやつに……。

「山！」

「や、やま⁉」

「山買って！　北海道《ほっかいどう》か、九州《きゅうしゅう》の高原みたいな、見渡すかぎり広がる草原で放牧するのよ！」

「放牧⁉」

「なんでも買ってくれるんでしょ？　放牧スローライフを買ってちょうだい！」

「んなめちゃくちゃな……」

無茶振りすると優花はすっかり閉口した。手に負えないと知るとベンチから立ち上がり、とぼとぼと背中を丸めてどこかへ去ってしまった。

どうしてわたしはこうなんだろう。

まるっきり子供そのものだ。高校生の態度でさえない。図体ばかり成長して、でっかい幼稚園児みたいなものだ。

素直にもなれないし、大人にもなれない。

変われると思った。

変われたと思っていた。

春の出会いがわたしを変えてくれたと信じていた。さっきまで信じきってた。止まっていた時が動き出し、やっと成長できたのだと。

違った。そんなに甘い話ではなかった。人はそんなかんたんに変われない。人間という可能性に満ちた生き物に難しいことなら、年老いた魔女にとってはなおさら困難をきわめるに違いない。

現実の苦さを、辛酸と呼ばれるその味をわたしは思い出した。

もしかしたら現実に対して妥協できなかったあの頃から、何も変われていないのかもしれない。そう考えるだけで何十年と付き合ってきた諦念《ていねん》が顔を覗《のぞ》かせる。何もかもを諦めてしまえと囁《ささや》く。求めなければ傷つくこともない。甘い誘惑だった。

「あ、綾ちゃーん？」

顔を上げると、戻ってきた優花が無防備な微笑みを浮かべていた。

「ほ、ほら、肉まん買ってきたよ。寒い時期にはあったかいものが美味《おい》しいよねえ」

ほかほかと湯気をたてる白い饅頭《まんじゅう》。手のひらより一回り大きなそいつは見るからに柔らかそうで、温かそうで、よだれが出そうになるほど美味しそうで、だからこそ荒《すさ》んだ心には毒だった。

「ううぅ」

「ほらほら、若い女の子がお外で泣くんじゃありません」

「泣いてない」

駄々《だだ》っ子《こ》同然なのに、こんなわたしを見捨てずに、辛抱強く見守ってくれる。

傷つけて、困らせて、わたしは甘ったれで、しかもこんな可愛くない甘え方しかできなくて、
でも優花はそれにしっかり付き合ってくれて。

だからもう、今回はこの辺で手打ちにしてもいいかな、なんて思っていたところに。

「耐えてる姿もいいね。劣情をそそられる」

前言撤回。やっぱ最低だわ、こいつ。

「離して。触らないで」

というわけでわたしは家出した。

向かう先は？　そんなもんは一つしかない。

☆

未散の家は、木野花高校の最寄から三駅離れたところにある一戸建てだ。

大騒ぎになった。

「ただいま！　未散が友達つれてきたって？」

「もうお父さん、大事件よ」

そんなに意外だろうか。明るくて誰からも好かれる未散のことだから、友達を家に呼ぶくら

い日常茶飯事でもおかしくない。

　でも、そういえば梅雨《つゆ》の頃、教えてもらった。他ならぬ彼女自身の口から、中学の頃まで少し暗かったというのを聞いたことがある。今の姿からは想像もできないけど。

「高校生だもんなー」

　自宅から逃げて、優花を突き放して、そうしたらあとは頼る先などあとは一つしか残っていない。

　わはは、あははとよく片付いたダイニングキッチンと一続きのリビングルームに明朗な笑い声が響く。さすが、未散の両親だ。初めて会ったけどテンションが高い。

　狭苦しいわたしの部屋とは大違いで、アイランドキッチンはぴかぴかだし食器棚は天井《てんじょう》の高さで、しかも冷蔵庫が大きい。ふかふかのソファに案内されて、わたしは完全に借りてきた猫《ねこ》だった。と、とりあえず『いつもお世話になってます』って言わなきゃ……。

「きみがあの綾香ちゃんか」

「い、いつも……」

「そうそう、みーちゃんいっつもあなたのことばかり話すのよ」

「ちょっと二人とも！」

　ご両親が話し始めるや、未散は慌てふためいた。

「未散はほら、ちょっとふわふわしてるだろう。綾香ちゃんに迷惑かけてないかな？」

「いつ――」

「みーちゃんと仲良くしてくれてありがとねえ」

いつもお世話になってます。その一言がかぎりなく遠い。

断っておくがわたしは誰が相手でも物怖じなんかしない。

相手が未散の両親だと思うとつい慎重になってしまうだけだ。あと二人があまりにも間髪容《い》れずに話すからこっちは「はい」とか「ええ」とか「まぁ」しか話す隙《すき》がない。

「うちの親、ちょっと変かもだから、あんまり気にしないでね」

「………」

ちょっと？

「泊まっていくんだろう。うちは大丈夫だけど、明日は学校なんじゃないか？」

「いいじゃないの、明日はうちから通えば」

「それもそうだな！」

未散のお父さんが大きくうなずく。うんうんと、納得を深めるように二度、三度頷く。

「ほらほら、お夕飯にしましょう」

キッチンの方に移ろうとする未散のお母さん。わたしは急いで後を追おうとした。

せめて手伝いたい。お世話になるのだし、それにこのキッチンを使ってみたいのも、ちょっとだけある。ほんのちょっとだけ。

「綾香ちゃん何食べたい？　そうだ、お寿司《すし》とろっか！」

「あの」

「ん？」

興味津々な瞳がわたしの次の言葉を待っている。

「ありがとうございます。急に押しかけてしまったのに」

「いいのいいの！　みーちゃんの大事なお友達なんだから、わたしたちにとっても大事な人だよ」

大歓迎だった。

こっちが引いてしまうくらい。

思ったことをなんでも素直に話す父親と、おおらかで人懐っこい性格の母親。間違いなく未散の両親だと思った。

二人の間でまっすぐに育った娘。その未散は両親の勢いの前に、トンビに油揚げを攫《さら》われたような顔で途方に暮れている。

妬《ねた》ましさを覚えてしまうほど、未散はいい家族を持っている。

お風呂《ふろ》を借りて、下着はコンビニで買ってきていて、パジャマは未散の物を借りた。

シャンプーとか柔軟剤とかだろうけど、全身から未散の匂いがしている気がして、意味もなくどきどきした。

二階にある未散の部屋は物が多かった。折りたたみのローテーブルがあって、ベッドがあって、あと今夜わたしが寝るために出してくれた布団《ふとん》がある。女子らしい小物がいっぱいで、寝具もカーテンも可愛らしい色合いのものを使っている。地味を通り越して殺風景なわたしの部屋とは正反対だ。

テーブルの上のアロマキャンドルを眺めながら、わたしは訊いてみることにした。

「みーちゃんって呼ばれてるの？」

「子供の頃からずっと。お婆《ばあ》ちゃんも親戚のおじさんやおばさんも、どうして子供の頃の呼び方を続けるんだろう」

お風呂上がりだから未散は髪を下ろしていて、血色のよい肌の色はいつにも増して瑞々《みずみず》しい。

ベッドに腰かけてクッションをお腹《なか》に抱えながら、未散は恥ずかしそうに言った。

「可愛いからいいと思う」

向き合うように、わたしはテーブルの前に陣取って座っている。

「よくないよ！　このままじゃ私、おばさんになってもみーちゃんだよ！」

「何十年も先のことじゃない。気にしても無駄よ」

「う～ん、そうかなぁ。いつか必ず来る時間だよ」

わたしにはわからなかった。

いつか必ず来る時間。彼女の言うとおりだけど、年齢を重ねた自分や未散の姿をどうしても想像できない。生まれてから今日までを余すところなく思い出せるから知っている。時間の粘度を。永遠にも思えるほど遅々として進まない、退屈の毒が全身に回ってもなお明日が来ない、その残酷さをわたしは知り抜いている。

「わたしもみーちゃんって呼んでいい？」

「ダメ！」

冗談のつもりで言ったみたら、思いのほかはっきりとした拒絶が返ってきた。

「どうして？」

「どうしてって……わからないなら、私も綾香のこと綾ちゃんって呼ぶよ？」

ああ、それは……。

効果覿面《てきめん》だった。

わたしだって綾ちゃんは嫌だ。あいつを思い出さずにいられないから。

それに気に入っているし、ね。『未散』と呼ぶのも、『綾香』と呼ばれるのも。

「わかったわ。わかりました。この話はやめましょう」

「わかればよろしい」

未散は心の底からの満足を示す微笑みを浮かべた。

「綾香、大人しかったね。緊張しなくてもいいのに」

「するわよ」

「うちの親、綾香のこと大好きだから」

「本人のいないところで株を上げてくれたみたいね」

どんなふうに話してたんだろう。

気にならないといえば嘘になるけど、悪いように言われてないのは確かだ。ここまで歓迎してもらったことは未《いま》だかつてない。しかも突然押しかけているというのに。

どこへ行っても歓迎されるより疎《うと》まれることの方が多かった分、戸惑いも大きい。

「未散はこういうの慣れてると思ってた」

「お泊まり会？」

「うん」

だけどわたしは、疎まれる原因になったその能力ゆえに知っている。

「初めてだよ。誰かを自分の家に招いてお泊まり会するなんて」

なかったことになった一日の記憶から目を逸《そ》らして、知らないふりをした。

「そう……、なの？　意外ね」

「うん。……あのね、私、中学の頃までは、今とはちょっと違ってたんだ」

「違ってた？」

「そう。今よりは、ちょっと暗かった、と思う」

梅雨の時期にかつて一度聞いた、そしてなかったことになった告白をもう一度未散は繰り返した。

すでに知っていることを再び聞く。珍しいことではない。わたしが経験した過去は、五日のうち四日まではなかったことになるのだから。

この世界が忘れてしまった日に交わした会話が再演される。

「信じられないわね」

「変わったのは高校に入ってから」

「高校デビュー？」

「それもちょっと違うかな」

少しだけ形を変えて、でもそこに込められた気持ちは変わらない。

「午後の天気がわかるようになったから」

相手に自分のことを知って欲しいという、いじらしく健気《けなげ》な思い。

応えてあげたいと思わせられる切実な情念。

「ほかの人が知らないことを自分だけが知ってるって、気持ちの上では無敵よね」

わたしはかつて彼女の口から直接聞いた言葉を返す。

未散は呆気《あっけ》にとられたような表情だった。

「そう！　それ！　それを言いたかったの！」

無性にいたたまれない。

カンニングをしていい成績を取ったような気分だった。

人の心の中を覗き見るような真似《まね》をして、それは多かれ少なかれいつもやってることだけど、未散に対して行うときだけは胸が切なく痛む。良心の呵責《かしゃく》、と呼ばれるものに違いない。

「それでわたしに話しかけてくれたの?」

「……ううん、それだけは他とちょっと違う」

一瞬の躊躇《ためら》いは心を整理する時間だろう。

「そうしないといけない気がしたから」

かつて梅雨の日に聞いた言葉とまったく同じ抑揚で、かつてと同じように未散は目を伏せて、いかにも自信なさげに、

「あ、……綾香の顔を一目見た瞬間に、話しかけて、仲良くならないといけない気がした」

「うん」

違和感は不思議とない。

ロマンチストになったつもりはないけど、あの出会いは運命だったなんて口が裂けても言えないけど、でもそれでもいいと思っているから。あの出会いが運命だとしても、運命というものがこの世に存在していてもいいとわたしは思う。

一瞬、会話が途切れて、部屋は静まった。カーテンと窓ガラスの向こうの暗がりから、マツ

ムシの鳴き声がかすかに聞こえるばかり。心地よい静寂だった。

その心地よさにいつまでも身を委《ゆだ》ねていたいけど、そうできるほどわたしたちは時間を重ねていない。まだ。

わたしは未散の隣に座りなおした。

「急に押しかけてごめん」

「ぜんぜん。ぜんぜんいいけど」

「何があったか、聞かないの？」

「うん。でも、話したいなら聞くよ」

背筋が痺《しび》れるような柔らかい声で、未散はそう言ってくれる。ありがたくて、嬉しくて、感無量で、あまりにも大きな感情が押し寄せて顔を直視できなくなった。

「迷惑、かけてない？」

「うーん、急に来たからびっくりしたけど」

「ごめんなさい……」

「私は綾香に迷惑かけられるの嫌じゃないよ」

わざとらしく、未散はこちらに体重をかけてくる。

どこまでもまっすぐな彼女らしい、飾らない言葉を添えて。

「ありがとう、未散……」

応じるようにわたしも身体を寄せた。秋の涼しい夜に、互いの体温を感じて。

今こそ打ち明けるべきタイミングだった。

わたしの記憶力のこと。一日が繰り返していること。話すべきだった。

でも。

「この恩は別のかたちできっと返すから」

話せない。

「ふふっ、この借りは必ず返す！　ってやつだぁ」

怖いからだ。

打ち明けて、軽蔑されるのが怖い。目の前で無邪気に笑ってる彼女が、いつかわたしを恐れるようになるのが怖い。誰だって自分のことについて、本人さえ知らないことまで知られていたら気持ち悪いはずだから。

「なにそれ」

どんな些細《ささい》なことでも忘れない。

その日起こることを知っている。

繰り返される一日を重ね合わせて、知られたくないことや隠したいと思っていることでも、問答無用に暴《あば》いてしまうわたしを未散が恐れるようになるのではないか。

「ライバルキャラとかだよ、綾香クン」

「相棒だと思ってたけど、違うの？」

わたしは忘れられないから。

周囲にいる人たちがどれだけ忘れて欲しいと望んでも忘れることはない。

この世界は繰り返しているから。

本人の決してあずかり知らないところで、思わぬ秘密を拾っている可能性がある。その偶然の悲劇を、本来消えるべきだった歴史をわたしの記憶力は永遠にしてしまう。

「そうだね！　親友だもんね！」

無邪気に、心の底からわたしのことを信頼してくれる彼女に、わたしはあいまいに笑いかけることしかできない。

「親友だから、綾香。今は話せなくても、いつか話してね」


お泊まり会とは本当にいいものだ。

一緒にいて心の底から楽しいと思える相手と、それこそ時間が経つのを忘れて一緒にいることができる。自動的におうちデートになるのも素晴らしい。

未散のお気に入りのハンドクリームを試させてもらったり、文化祭で一緒に作ったミサンガをつけてみたり、卒業アルバムを見せてもらったり、もちろん喋《しゃべ》り通し、笑い通しで、楽しい時間はあっという間に過ぎた。

こういう時間を過ごせるなら毎日だってお泊まり会をしてもいい。今度はうちに未散を誘ってみようかな、なんて。

そんなことを考えてしまうのは、二十二時直前になったからだった。

「もう寝ないと……」

「ええっ、まだ十時だよ？」

この時間をちょっとすぎた辺りで、わたしはいつも強烈な眠気に襲われる。どんなに昼間寝溜《ねだ》めをしても、夕飯後にコーヒーを飲んでも、どうしても起きていられない。

「未散と違ってわたしは宵《よい》っ張《ぱ》りじゃないのよ」

「……そっか。……そうだね」

未散は名残惜《なごりお》しそうにしてくれた。もっと話して、もっと遊んで、もっと触れ合っていたい。そう思っていてくれるから、残念そうに眉《まゆ》をハの字にしてくれる。

「じゃあ、代わりに一緒に寝よ？」

「うん……、うん？」

「やった！」

今、なんて……？

一緒に寝る？　一緒のお布団で、隣同士で、心臓をドキドキさせながら朝まで——、寝られるわけがない。いっそ本当にどうやっても二十二時過ぎまで起きていられないのか試すなら、ちょうどいい方法だけど、いやいやでも、それはいくらなんでも早すぎる。まだ早い。

「ちょ、ちょっと待って。ごめん、よく聞こえなかったから。一緒に、……寝る？　添い寝するってこと？」

「うん」

頷いた。未散は素朴な調子で、まるでなんでもないかのような態度で、

「こっちのベッドで、ちょっと狭いけど」

そう言った。まったくいつもと同じ調子だった。

「……遠慮します」

「なんで⁉」

一晩中すぐ近くに未散の身体があるってことだ。身じろぎすれば動きがわかり、息を吸えば彼女の匂いがして、何もしなくても体温が伝わってくる。絶対頭が変になる。朝起きて彼女の寝顔が目に飛び込んでくるのを想像して、心臓がひときわ高く鼓動した。

「わたしは床でいいから。ほら、お布団ふかふかだし」

「一緒に寝たくないんだ、綾香は」

可愛く拗《す》ねる未散にほだされそうになってしまうけど流されてはいけない。

「そ、そんなことはないけど……」

「本当に？　手、握っていい？」

「どうして?」

「綾香、嘘つくとき手に力が入るから」

そう言われたら断れない。そっと手を繋いで、指と指が探り合うように動いて、意味もわからずどきどきした。でも譲歩していいのはここまでだ。添い寝などもってのほかだ。わたしたちはまだ何も関係をはっきりさせていない。お互いをどう思っているのかも、さだかではない。なのに一緒のお布団で、一晩中……は、はは、破廉恥《はれんち》だわ!

「一緒に寝たくない?」

「寝たくない」

「ふふっ、やっぱり。綾香は嘘つきだなぁ」

そう言って未散は満足げに微笑んだ。

「う、うう……」

「綾香、顔が真っ赤だよ?」

未散は空いてる方の手で、わたしのおでこに触れた。自分のおでこと触り比べて熱を測ってくれている。一緒に寝たいと言ってくれて、体調のことまで気にかけてくれて、嬉しくないわけがない。だけど、その、顔が近い。

ますます顔が熱くなって、目がぐるぐる回って、時刻はもう二十二時を回っていて。

「綾香?」

くらっと、意識が一気に遠くなる。全身から力が抜ける。瞼《まぶた》は重くて、重くて重くて、とても持ち上がらない。

真っ暗になった視界。彼女の腕の中に身体は落ちていった。

「寝ちゃったの？」

「……………すぅ」

なんていい匂いなんだろう。甘くて、清らかで、心安らぐ。柔らかくて、温かい。わたしのすべてを受け止めて、肯定して、応援してくれる人。

薄らぐ意識の中、ろくに動かない身体を未散が寝かせてくれて、掛布団を上げてくれるのが肌触りでわかった。意識はどんどん遠ざかっていく。意志の力ではあらがえない。

それでも、一秒分でも長く、この時間を記憶に留めたい。

「………綾香、おやすみ」

前髪を撫でてくれる手の優しい動き。まぶたを越して薄明るい照明が、未散の腕に遮《さえぎ》られて暗くなって、また明るくなって、もう一度だけ暗くなった。

それが十月二十八日Cの、最後の記憶。

ああ、ここから離れたくないなぁ。

ずっと、一緒にいたいのに……。

――ここを離れてまたあの夢を視るなんて、まったくお断りだわ。

十月二十八日D

この日はほとんど十月二十八日Aと同じだった。

冷たい廊下で職員室に呼び出されてしまった未散が戻るのを待ち、

「ごめんね、待たせちゃって」

「お疲れさま」

憶えていた通りの顔で迎える。

「補習はなんとか許してもらったよ！」

わたしは慎重に会話をコントロールし、声音に気を使い、身振り手振りまで憶えていた最初の十月二十八日を再現した。憶えていた通りに振舞えばいいのだ。かんたんだ。物覚えはいい方だから。

なのに。

「ねえ、綾香」

「ん？」

「テストも終わったことだし……」

下駄箱から自分のローファーを取り出しながら、未散は妙に歯切れが悪かった。

「あまりハッピーエンドとは言えない点数だけどね」

「ううっ、……まぁ、それは置いておいて、その……」

視線をさまよわせ、頬をわずかに紅潮させ、それから意を決して胸を押さえながら言った。

「どうかな。お泊まり会、しない？」

「お、お泊まり会……？」

会話が、変わった。

それまでの三日の中に一度もなかった発言が飛び出してきた。

「うん。……嫌かな？」

「嫌とかじゃないけど、……平日よ？」

「あはっ、さすがに今からとは言わないよ」

はた目にも安堵《あんど》したようすで、無邪気に笑う彼女の顔をじっと見てしまう。

憶えてるの？　昨日のこと……。

「今度の土日とか、どう？」

「いいけど」

どうせ予定は何もない。

「約束だからね！」

声を弾ませて未散は言った。

同じ日付の繰り返しの中で、ある一日が別の一日に影響を与える?

そんなこと、あるはずがない。

七十五年生きてきて、そんなことは一度もなかった。決して記憶を失わないわたしが断言する。

だから『今日』未散がお泊まり会を切り出すなんて、まるで昨日の出来事に影響を受けたように見えても、そんなものは偶然に決まっているのだ。

十月二十九日A

朝一番、目を覚まして、天井の色が違った。

カーテンの柄も違った。寝ぼけた頭で違和感の正体を探る。

掛け布団の重さも部屋の匂いも耳に届く静かな寝息も、何もかもが違う。

別人になったような感じがした。

ああ、そうか。十月二十八日Cが『採用』されたのだ。お泊まり会をした一日。たぶん一番いい十月二十八日を引き当てた。心からそう思ったのと同時にわたしは自分が相沢綾香という名前で、ものを忘れない人間であることを思い出した。

約束、なかったことになっちゃったな……。

耳に残っている、彼女の弾んだ声。

手を繋いで欲しいとお願いしたことも、浜野と絵の話をしたことも、全部なかったことになった。

大丈夫。

慣れてるから。

それに最良の一日と引き換えなのだから、しょうがないことだろう。

耳をすませば幸せそうな寝息が静かに聞こえる。『採用』されたのは十月二十八日C、わたしが押しかけてお泊まり会をした日だった。

新しい一日を迎えたのだ。

自分に与えられた『昨日』の続きをやろう。

登校の直前、未散のお母さんが玄関で見送ってくれた。

どうお礼を言えばいいのかわからなかった。泊めていただきありがとうございました？　未散ならそう言ったかもしれない。でもわたしの口から出てきたのは、

「あの、突然押しかけてすみませんでした」

快晴の朝に似つかわしくない、ひどく後ろ向きな言葉だった。

なのに未散のお母さんはにっこり笑って、

「窮鳥懐《きゅうちょうふところ》に入《い》れば猟師も撃たず、ってね」

意外な言葉を聞いたと思った。

未散が少し戸惑った様子で訊き返した。

「お母さん何言ってるの？」

逃げて救いを求める者がいるならとりあえず助けてあげなさい、ということわざだ。

「綾香ちゃん」

「はい」

「本当はね、昨日、家の方から電話があったのよ。突然押しかけて不躾《ぶしつけ》ですけどどうかお願いしますって」

優花だろうか。

ああ見えて大人だから根回しはきっちりやる。

でも、もしかしたら……と期待せずにはいられない。

「あの、……それは」

「お母さんからだったよ」

やっぱり。

優花から母に、母から未散のお母さんに。大人だからその辺はちゃんとしてる。意地を張って家を飛び出してきても、全部、手のひらの上だったのだ。

「あの、母は、……その、他に何か……」

「すっごく心配してたよー。迷惑かけてないかとか、綾香ちゃんは元気なのかとか、電話口でとっても気にされてて。迎えに来るって最初は言ってたし」

たぶん勘違いされている。

未散のお母さんはわたしが親子喧嘩《げんか》して家出してきたのだと思っている。それは当たっている。半分だけ。

残りの半分に残酷さのすべてが隠れ潜んでいる。

「でも断っちゃった。娘が増えたみたいで楽しかったし、ね」

未散のお母さんは茶目っ気たっぷりの笑みを浮かべた。

心の中はぐちゃぐちゃのマーブル模様だった。

もっとここにいたいし、今すぐ家に帰りたい。

一日中、採用された十月二十八日のことが頭から離れなかった。

浜野の『恋人同士ですか？』は日付を飛び越えて、三城さんの『二人はさぁ、……そのぅ、付き合ってんの？』の呼び水となり、一日の流れ全体を微妙にずらした。ずれた流れは優花とわたしを喧嘩させ、家出からお泊まり会に繋がった。

　ボリューム満点の一日だった。

　肌の上には今も借りたパジャマの感触が生々しく残っている。朝起きた瞬間に聞いた、彼女の寝息が耳にこびりついている。

　たぶん、一日中上の空だった。

　というかキスしたんですけど？

　お泊まり会までしちゃったんですけど？

　何もなかったんですけど。又聞きの又聞きくらいのあいまいな情報だけど、仲良しがお泊まり会をするともう少し何かあるんじゃないだろうか。枕《まくら》投げとか？　流石にこれは怪情報だろう。恋バナ？　未散から好いてる相手について相談される……、ひええ、世界の終わりだ。

　というか何があったらよかったんだろう。

　わたしは未散のなんなのだろう……。

　放課後、教室に二人きりだった。

　居残り勉強をしている未散の顔を眺めながら、わたしは手元の読書にまったく集中できなかった。ただ手慰みにページをめくり、めくっては紙の上を目が滑っていく。別にいいけど。後で思い返せばいいし。

　ふわふわもこもこと、ろくでもないことばかり考えていると、シャープペンシルとノートを見つめたままの姿勢で、未散が言った。

「ねえ、綾香。誰かとキスってしたことある？」

何を言っているんだろう。

心を読まれた、と最初は思ったけど、すぐにわかった。未散も同じようなことを考えていたのだろう。かすかに色づいた彼女の頬がそれを教えていた。

「あるわ」

思い出すのは、文化祭での出来事。

なかったことになってしまった一日。

最初に未散が次の関係を望んでくれたあの時間が、わたしの脳裏《のうり》に鮮《あざ》やかによみがえった。

そしてその数日後の放課後。

わたしから、した。

あの日は『採用』された。未散は忘れてしまったのだろうか。

いや、でも、わたしからしたっていうけど、わたしだけがしたいと思っていたわけじゃないはず。だいたい最初に未散からしてきたからだし、それがなかったことになってしまったからだし、でもしたくなかったわけでもなくて、もにょもにょと同じところばかりを思考がループしていた。

「どんな感じだった？」

顔を上げて、未散は正々堂々とまっすぐな視線を向けてくる。この視線にわたしは弱い。

「未散もあるでしょ？　もしかして、忘れちゃった？」

「ううん、でも、夢なんじゃないかって、ちょっと疑ってた」

こちらを見る未散の視線は心細そうで、不安にさせてしまったのが申し訳なくて、つい反射的に口をついた言葉は追いすがるような響きを持っていた。

「確かめてみる？　本当に夢だったか」

自分が自分じゃないみたいだった。

未散の部屋で目が覚めたとき、別人になったような気がした。今朝《けさ》、わたしは本当に生まれ変わったのかもしれない。

「それって……」

「うん」

見つめ合う。視線は溶けそうなくらい熱い。

放課後の教室なのに、『好き』なんて言ってても言われてもいないのに、互いの気持ちは明々白々だった。テレパシーしていた。

「嫌じゃないの？」

「うん」

未散の顔が近づいてくる。目を閉じる。手を握られて、握り返して、互いの吐息が混ざる。

最初のキスから百二十六日。最後のキスから九十日。ブレーキはとっくに壊れていた。

「女の子同士だよ？」

「言わせないで」

鼻先で誘うように香る、甘い匂い。

わずかな空気の隙間《すきま》から伝わってくる繊細《せんさい》な体温。

その隙間がゼロになって、――なる直前に、邪魔が入った。

「助けてくれ、相沢！」

足音高く、教室に駆け込んできた人影が一つ。

二人きりの雰囲気は雲散霧消し、もはや跡形もなかった。

闖入者《ちんにゅうしゃ》はぜいぜいと息を切らして、

「よかった……。まだいたか」

何がいいものか。

いいところを邪魔されて、わたしの声は自然と固くなる。

「どういうことなの……？」

「相沢の助けが必要なんだ」

「……なつめちゃん？」

かすかに頬に朱色を残した未散が、いつもより少し小さな声で友人に応じる。

闖入者、深安なつめは大まじめな顔つきで言った。

「演劇部に助《すけ》っ人《と》できてくれ」

それが最初のドミノの倒れる音だった。


詳しく事情を聞く間、わたしはずっとそわそわしていた。

学校でキスしようとしていたところを見つかってしまった後ろめたさと、あと少しのところを邪魔された苛立《いらだ》ち、それにいつもとは違う深安さんのただならぬ様子への動揺、そのすべてが混ざり合って頭がまともに働かない。

半ば目を回しながら深安さんの話を聞くと、あらゆる問題は演劇部にいる深安さんの友人である演劇部部長の小梅川《こうめかわ》さんが脚を骨折してしまったこと、そのただ一点から始まっていた。

「それで助っ人？」

「綾香、演劇やったことあるの？」

「ないわ」

一方で未散はすっかり落ち着いていて温度差を感じざるをえない。わたしのことを心配する余裕まである。いくら相沢綾香でもそれは無理だと目で訴えて、無茶ぶりからわたしをかばおうとしてくれていた。

「しかもその、合同練習会って、今週の土曜日なんでしょ？」

「でも！」

さえぎって、深安さんは大声を出した。

いつもの取り繕《つくろ》った顔はどこにもない。

「助けてやりたいんだよ。小梅川はっ、あいつはちゃらんぽらんで、どうしようもないやつだけど！　演劇だけは真剣だったんだ！」

その舞台が壊れて再起不能になるなど、深安さんにとっては見過ごせることではない。

「わたしに……？」

「相沢ならなんとかできるんじゃないか、って思って」

「だからって綾香じゃなくても……」

「頭いいだろ！　大事な役だから、台詞《せりふ》の数も多いし、普通のやつには頼めない」

普段にも増して荒っぽい口調から深安さんの焦《あせ》りが伝わってきた。

ずいぶん過大評価されたものだと呆《あき》れてしまうけど、わたしが拒《こば》んだなら参加を辞退するしかなくなるのだという。正確には上演はもう十中八九辞退するしかなくて、深安さんは奇跡を起こせる人間を探していた。

ああ、起こせるとも、奇跡。

「過去の上演テープがあるなら」

窮鳥懐に入れば猟師も撃たず――、か。

別に深安さんの必死さに心を打たれたわけではない。ただ、助けを求められているなら、そして自分にその能力があるなら応えてもいいはず。そう思っただけだ。

「綾香!?」

素《す》っ頓狂《とんきょう》な声を上げて未散が驚く。その瞳に気遣うような色が揺れる。

以前なら絶対に関《かか》わろうとしなかった。演劇部で代役をする、面倒くさくて関わる気にもなれなかっただろう。だいたいわたしには関係ない。関わらなかったところで見殺しにしたうちにも入らない。

でも、わたしは変わると決めたから。

孤高を気取るのをやめ、しち面倒なしがらみの中で生きていくことに決めたから。少なくとも、当面の間は。

「土曜日なんだよ?　あと二日しかないよ」

今日は十月二十九日A木曜日だ。あくまで過去の経験からの予測値だけど、土曜日までは平均十日もある。一番繰り返しが少ない場合でも四日はあるだろう。何も問題はない。

「相沢、念のため確認だけど、本番は明後日だよ?　本当に大丈夫?」

「大丈夫。わたしは天才だから」

「そんな……」

未散はわたしが無理をすると思っているのかもしれない。

正直、台本だけだとかなりきつい。

わたしは忘れないだけの人間で、演劇の経験どころか日常的に観劇する習慣もない。素人《しろうと》なのだから、台詞と卜書きだけを読んで台本の求める芝居を創り上げることはできない。

でも演劇部の人が演じた上演テープがあるなら話は別だ。お手本があるならその模倣《もほう》はたやすい。観《み》る人が観れば中身が空っぽであることなど一目瞭然《いちもくりょうぜん》だろうけど、代役として見てくれを取り繕うくらいはできる。

「上映テープだよね？　今すぐ確認するから」

深安さんはスマホを取り出してどこかにかけ始める。

「二、三種類あれば理想的よ」

「わかった」

わたしは忘れないから。

一度でも見たり聞いたりしたものは決して忘れない。

決して色あせない記憶を頭の中で何度も再生しながら、実際に身体を動かしてずれを確かめることができる。誤った動きを覚え、二度と繰り返さない。そして正しい動作を一度でも、——たとえ偶然にすぎなくても——実践することができたなら、いつでも記憶の中から引き出して再現できる。

まぐれでうまくいった経験は、記憶の中で純化され、一瞬のうちに手癖《てくせ》レベルの習熟に変わる。

二、三種類もあればいいとこどりもだいぶできるようになる。

同じことの繰り返しはわたしが最も嫌うと同時に、最も得意とすることなのだから。

「綾香……、無理しないで」

「大丈夫」

未散の心配そうな視線。やたらスキンシップを求めてくることや、時折切実ささえ感じられた甘え方。違和感はあった。だけどその意味について深く考えるべきだったとは思わない。

どれだけ考えても結果は変わらなかっただろう。それほどまでに事態はわたしの想像の遥《はる》か上で推移していた。

なんでもない日常で。

呆れるほどいつも通りの彼女とわたしで。

でも関係はちょっとずつ変わり始めていて。

これまでにない新鮮な感情に浮き立ったわたしは気づいていなかった。

呪《のろ》いはこのときすでに広がり始めていて、壊れかけた世界を侵食していた。

第二章　心を読む魔女の物語

1

深安《ふかやす》なつめがその異能に最初に気づいたのは中間考査二日目のことだった。

数学Ⅰの大問2が解けない。そればかりか大問1だってたっぷり時間を取られた挙句《あげく》、結局途中までしか解けず、部分点にすがるかたちにせざるをえなかった。焦《あせ》りばかりが募《つの》った。このままでは赤点コース……。そのとき、深安は自身の心臓の音をはっきりと聞いた。規則正しいその鼓動は、彼女の集中を深い場所へといざなった。そして彼女は耳にした。

（…………線分BCは4、よって正弦定理《せいげんていり》より…………）

隣の席のガリ勉吉田《よしだ》の声だった。

「おい、試験中だぞ」

深安は親切のつもりで小声で教えてやった。独《ひと》り言《ごと》でも解答を読み上げるなど試験監督の教師に咎《とが》められれば一発退場追試確定コースだ。吉田は目を剝《む》いて答えた。

「……おまえこそ、試験中だぞ」

なんだそりゃ、深安はひどく理不尽なものに巻き込まれているような気分になりながら、周囲を窺《うかが》った。深安の小声が呼んだ小さな動揺、試験監督が片眉《まゆ》を上げ異変の中心を探している。

(なんなんだ、深安のやつ。試験中に話しかけてくるなんて、よっぽどのことがあったのか。でも教室、いつも通りだよな……)

吉田は相変わらずぶつぶつ言っていた。けれど教師は注意しないし、周囲の誰《だれ》も声を気にしていない。もしかして自分にしか聴こえていないのか、深安はそこまで考えて、全身が冷たくなったような気がした。

自分にしか聴こえない声。シャーペンの先が紙をこする音に混じって聴こえてくる幻聴。

(……大問3はこれでよし。残り時間は全部大問4に使える)

なんだこれは……、と深安はたっぷり三十秒呆然《ぼうぜん》としていた。

(ふふん、ちょろいテストだ。こんなことなら昨日はもっと早く寝ればよかった)

他人の考えていることが、心の声が、聴こえる。寝ていなさすぎて頭が変になったんだと思った。テスト中でなければ悲鳴を上げていた。いつもつるんでいるミキとサキを捕まえて、この怪奇現象について捲《まく》し立てたい。

だけどテスト中だった。深安は深夜まで必死で一夜漬けしていた。睡眠時間は三時間を切っていた。赤点を取るわけにはいかない大事なテストだった。そして、怪奇現象はテストの答えを教えてくれている。

人の心を読むその能力はあまりにも便利で、受け入れない理由はなかった。

初めは小さな能力だった。全身を耳にして、隣席の心の声をかすかに拾えるくらいのものだった。中間考査の残りの科目、そしてテスト後も深安は心を読む能力を使い続けた。隠された本心を読み取ってしまうその力は自制するにはあまりにも便利すぎた。

そうやって練習、あるいは習熟と呼ぶべき力の熟成が行われ、採点が済み、試験結果が出る頃には、

（こいつがこんなにできるやつだったとは。最近がんばってんだな……）

答案を返却する教師の心の声を特に意識することもなく聞き取ることができるようになっていた。

もし、と深安は意味のない仮定をもてあそんだ。もし遠く離れた席の、相沢綾香《あいざわあやか》の心の声が聞こえていたなら、自分も満点が取れただろうか。

深安と同じ教室には一人、人間離れした天才がいる。

校内の誰もがその存在に注目している。二年後どこの大学を受験しても受かるだろうし、なんなら今すぐ受けても受かるといわれている。

春の大型連休前のことを思い返した。一人の神経質な数学教師が相沢の授業態度を咎《とが》めた。

何も相沢が授業妨害をしたわけではない。ただ、彼女が楽しそうに授業を受けないのが気に入らなかっただけだ。

「ではこの応用問題は、……相沢さんに解いてもらいましょうか。相沢さん、前へ」

数学教師はにこやかな仮面をつけて、相沢に応用問題を突きつけた。

クラス中が同情した。答えがわからず気まずそうに硬直する数秒後の相沢の後ろ姿を想像して、誰もが気の毒に思った。

だが相沢綾香は顔色一つ変えず、黒板に向かい、ひどく整《ととの》った字ですらすら解答を書き始めた。完璧《かんぺき》な解答だった。教師も、生徒も、みんながたまげた。開いた口が塞《ふさ》がらなかった。

書き終わって相沢は頭だけ動かして教師をまっすぐ見た。無言だった。まだやるか？　視線だけが雄弁だった。

「もういいですよ、見事なものです」

解答を誇るでも、無理な指名をした教師を軽蔑《けいべつ》するでもなく、退屈そうに自席に戻る相沢を見て、全員がなんらかのかたちで衝撃を受けた。相沢綾香の攻撃性を満天下が認識した日だった。

放っておく分には無害。ただし売られた喧嘩《けんか》は絶対に値切らない。

こんなやつを敵に回したら命がいくらあっても足りない。梅雨《つゆ》に入る前にはクラスに一つの共通認識ができあがっていた。触らぬ神に祟《たた》りなし。決して触れてはならない。挑発、陰口、ダメゼッタイ。なんなら見てもいけない。稲葉《いなば》以外は！

だから少し離れた席に座る相沢綾香の心が読めたなら、深安も抜群の成績で中間考査を終えることができたのではないか、なんて無意味な空想を十分ほど楽しんだ後で我に返った。

実力以外のところで満点など取っても意味はない。

それどころか有害でさえある。

なんたって今回、平均を下回る教科がなかっただけでこんなにも嬉《うれ》しくて、同時にこんなにも不安になるのだから。満点を取ってもこの二倍は嬉しくはならないだろう。だが不安は十倍になるに違いない。

深安は自分がこんなささやかな棚ぼたに満足するなんて意外に思うと同時に、少しだけ自分のことを好きになれた。

そして深安は慎重な性格をしていた。

突然他人の心の声が聞こえるようになった。であるなら他にも心を読む人間が現れていない、などと、どうして無邪気に信じ込めよう。

前回の考査と比較して、今回は大幅に合計点数を伸ばした。再来週の三者面談ではいい顔ができるに違いない、と喜んでばかりはいられない。もし教師の中に心が読める者がいたなら、深安に目をつけるだろう。うかつなことは思い浮かべてもいけないのだ。

総合するに彼女は賢かったのだ。

十月二十八日、水曜日の昼休み。

がやがやと無秩序な喧騒に満ちた教室。その喧騒を作り出す側に深安はいる。

「だから〝いいね〟増やしたいなら自分もいっぱい〝いいね〟しないとダメなの。むしろ手当たり次第つけていけ。そんで毎日投稿しろ。でも厳選はしろ。生活を垂れ流しにするな」

深安がフォトSNSの泳ぎ方を語ると、ミキとサキは大げさにのけ反ってため息をついた。

「できへんわー」

「そもそもそんな撮るもんなくない？」

いくらでもあるだろ、と深安は軽蔑《けいべつ》を薄皮一枚下に押し隠して、表情を取り繕う。

「めしの写真でいいんだって。毎日ドカ食いしてるでしょ？」

（めんどくせえ〜）

深安に正論を説かれて、二人の内面は正直だった。

一日三食の食事や、買ったお菓子、コスメ、ヘアアレンジ、素材はいくらでもあるのだから、一手間かけてそれを使えばいい。その一手間さえ惜しむやつが注目されないのはしょうがない。インフルエンサーと呼ばれるやつらは当たり前を当たり前にやった上に、さらに工夫を凝らしているのだから。

「ドカドカは食ってねえし」

「じゃあ腕の肉はなんだよ！」

高校生三人はげらげら笑った。

深安はこうやって頭を空っぽにして友人と過ごす時間が大好きだった。そのために学校に通っている気がする瞬間もある。

（楽して注目されたい）

（ちやほやされたい）

ミキとサキの頭の中はそればかりだった。投稿への〝いいね〟数に一喜一憂し、フォロワー数が人間の価値とまで思い込んでいる。羨《うらや》ましいくらい無邪気な感性だ。

そこに誰からも好かれる笑顔を浮かべながら稲葉がふらふらとやってくる。相沢綾香を連れて、という見かけだが、この彼女たちは二人で一セットの印象があまりにも強い。

「やほーっ」

「どこでも一緒って、感じか」

深安は二人に歯を見せて笑いかけた。彼女はこの二人がわりと気に入っていた。

「仲良きことは美しきかな、やな」

サキがにやにやしながら言って、ミキが同調する。しかしその胸中は必ずしも口先の好意と一致しない。

（相沢ちゃんがんばってんなー）

（無理しなくていいのに）

もちろん読心能力者ではない相沢はその内心に気づかない。

「まぁね」

（……うまく笑えてるかしら？）

などと可愛《かわい》いことを考えている。

深安はこのクラスメートが嫌いではなかった。いい意味で他人に興味がないのもかっこいいと思っていたし、心が読めるようになってからはその思考の明晰《クリア》さに驚かされた。

「相沢、やったらしいね」

「心当たりがありすぎて」

稲葉が座ってから、相沢も続く。伴侶を座らせるまで後ろに控える嫁さんかおまえは、と深安はツッコみそうになったが可哀そうなくらい真っ赤《まか》になってしまうだろう。見逃してやることにした。

「くくっ、とぼけなくていいって。中間考査だよ」

「あっ……」

「どういう頭のつくりしてんのー？」

「問題がかんたんすぎるのよ」

渾身《こんしん》のギャグか？　と深安は訝《いぶか》しみつつ、げらげら笑った。サキとミキが笑いそうになっていたから。

その裏で相沢はウケをとって嬉しいとかではなく、涼しい顔で別のことを考えている。

（わたしは教師ウケが最悪に近いからせめてテストの点だけは取っておかないと……）

深安は感心した。相沢の自己評価はぴったり現実に一致していた。この世捨て人のようなクラスメートは、人付き合いを避けているように見えて周りのことも自分のこともちゃんと見えている。

深安は頭のいい人間が嫌いではない。

「まったく。隣のクラスの矢野《やの》ちゃんなんか、窓から叫んでたよー？」

深安はにやにやしながら言った。

――なんでなんだ事件。

今週の月曜日の昼休みに隣のクラスの矢野さんが窓から外に向かって奇声を上げた。――

「なんでなんだ」

相沢は不敵な微笑みを返す。

「お気の毒さま」

心の中では、

（わたしのせいじゃない。彼女が満点じゃなくても、そんなのは知らない。魔女のままなら全部わたしのせいにしてくれていいけど、魔女はもうやめたんだからわたしのせいにされても困る）

と自己弁護している。

深安には相沢綾香の心の内が手に取るようにわかった。わからないのは『魔女』という不可解な単語だけだが、聞き間違いだろうと思った。

「ゆーて、なっちゃんも今回よかったやんな。赤点なしどころか平均あるやん」

「平均で威張れるかい」

チャチャを入れてくるサキをいなしながら
「相沢さんとお話するようになったからやな」

「ご利益《りやく》ご利益」

(偏差値分けろ〜〜〜！)

サキとミキが手のひらをこすりながら拝《おが》む。拝まれた相沢はものすごく居心地悪そうだった。

一方稲葉は無邪気なもので、

「さすがだよね！」

相方が褒められてにこにこしている。

その笑顔があまりにも無邪気で幸せそうなので、

「あんたはもうちょっとお勉強をがんばれ」

「一夜漬けなんかしたらお肌ちゃんがかわいそうでしょ！」

深安は突っ込まざるをえなかった。

「普段からやれ……っつーのはあたしが言えるセリフじゃないな。だいたいお肌つっても、超天才児の相沢はお肌超綺麗《きれい》でしょ。……何時に寝てんの？」

その問いかけは予期せぬ波紋を呼んだ。

（恋人同士ですか？　――か。他の人にはどう見えるんだろう）

何からの連想なのか判然としないものの、相沢の心の中で誰かが問いかけを発した。それは彼女の浅いところに浮かぶ記憶の断片だった。

深安は納得した。――そりゃ、付き合ってるようにしか見えないわな。

「…………」

問いかけは相沢綾香の絶句を誘発した。

（あっ、しまっ……、すぐ答えなきゃ。でも、正直に言う？　十時には寝てるって……だめだ、ろくに勉強もしてないくせに、ってなる。じゃあ嘘《うそ》をついて……、こっちもだめだ、夜更かしお肌つやつや妖怪《ようかい》じゃん）

相沢は無表情の下でエモーショナルに慌てふためいていた。

瞬間的に生じた会話の空白、稲葉未散《みちる》はまったくの善意から会話を繋《つな》いだ。

「綾香は夜十時に寝てるんだよ。もちもちお肌の秘訣《ひけつ》だよねっ」

「ちょっ……」

相沢は頭を抱える寸前だった。いろいろ考えた挙句ご破算にされて、一方見事ご破算にした稲葉は純粋なもので、「すべすべー♪」なんて上機嫌に相沢の頬《ほお》を撫《な》でまわしてくる。

「じゅっ――」

深安は衝撃を受けた。天才だ天才だとは思っていたけど、これほどとは。

「別に夜十時に寝るくらい普通じゃない？」

「ぜんぜん普通じゃない。人生損してる」

「それでテストの点数がいいってずるいわぁ……」

ミキとサキのぼやきも耳に入らない。稲葉と相沢がどう見てもやりすぎだったから。

仲良し仲良しと軽率に冷やかしていたけど、これほどとは。もしかして本当に付き合ってる……？　いや、本人たちに直接確かめるわけにはいかないことだけど。

「やわらかいなぁ……。ずっと触ってたいなぁ」

「ちょっと……？　未散さん？」

「何かな？」

「みんな見てるから……。そういうのは、二人きりのときに」

「あっ、そうだね。ごめんね！」

見ていてこっちが恥ずかしくなるくらいのいちゃつき方だった。家でやれ、と深安は思った。

「二人はさぁ、……そのぅ、付き合ってんの？」

だからミキが先走ったことを、当人たちに面と向かって訊いたとき、『ああやっぱりな』の気分が勝った。

（聞いたぁぁあああっ!!　聞いちゃあならねえことを!!）

（うわっ、なんて答えれば……。綾香、どう思ってるのかな）

サキは目に見えて動揺した。一方で稲葉は目を丸くしながらすでに会話を軟着地させる方法を考え始めていた。この辺は流石《さすが》コミュ力お化けだと深安は感心する。

その相方である相沢は、

（つき、つき、つ……キツツキ）

頭を真っ白にさせていた。

「違うよー」

間髪容《い》れず稲葉はほがらかに答える。狙《ねら》いは話題ごと流してしまおうってところだろう。

「隠さなくても」

「うちら変な目で見たりしないし」

ミキが深追いし、サキも同調することにしたようだった。

「だいたい女の子同士だよ。ほら、綾香も困ってるし、この話やめよ?」

イナバが強めに否定し、

（え……）

ちくりと、相沢の心に小さな穴が開くのがわかった。その痛みは深安に伝染した。

失恋――深安が経験したことのないそれがこの痛みをもたらすなら、誰かを好きになることにひるんでしまいそうになる。許されるなら誰もいない場所まで走って逃げて、遠慮なく苦痛にのたうち回りたい。それほどまでにその痛みは熱くて苦くて激しかった。

こんなにつらいなら流石に助け船を出してやるか、そう深安が思った直後だった。

「ね？　綾香」

「そうね」

まったく無自覚のままに、稲葉が念押しして相沢にとどめを刺した。

胸を抉《えぐ》られた相沢の無表情は、ほとんど泣き出す寸前で、哀《あわ》れでとても見ていられなかった。

2

火曜日の昼休みのことだった。深安の姿は体育館にあった。

視線の先には一人の女子生徒がいる。体育館前面の舞台の縁《へり》に腰かけるかたちで陣取り、スマホを横向きにして熱心に見入っている。小梅川《こうめかわ》シロンという名の演劇部部長だった。

「ねえ、シロン」

「んー、なつめ？　なんだい？」

深安なつめにとって親友と呼べる相手だ。年齢が一つ違うその少女と最初に出会ったのは、

幼稚園時代であり、以来小学校、中学校、高校とずっと一緒に過ごしてきた。

「何してんの、そんなとこで」

「細胞レベルで舞台慣れしたいからね、使えるときは使わせてもらう」

深安は舞台に上がり、シロンの隣に腰かけた。彼女はスマホで他校の文化祭上演を観《み》ていた。

よくできた芝居で、深安の素人目《しろうとめ》にも輝いて見えた。役者の台詞《せりふ》をスマホのスピーカーが叫ぶ。

時折、客席が沸く。どよめき、悲鳴、笑い声、音割れするほどの反響だった。

「ひどい公演だったよね、文化祭」

「言ってくれるねえ……」

シロンはその整った容貌の一部を露骨にゆがめて、「それ以上追及してくれるな」と表情で語っていた。文化祭で演劇部に割り当てられた体育館プログラムは悲惨な結果に終わっていた。

「うちんとこはエンジョイ勢しかいないからねぃ」

「ガチ勢のシロンには物足りない？」

「んなこたないよ〜。楽しいだけの演劇やるのも悪いことじゃないし」

言葉とは裏腹にシロンの声音《こわね》は明るくない。

どうして、と思う前に深安は違和感に気づいた。

心が読めない。心を読むためにシロンに会いに行ったようなものなのに。

深安はシロンの考えていることならだいたいわかる。本当に人の心を読めるようになったのか、試すにはもってこいの相手だった。なのにどれだけ耳を澄ませても、声は聞こえてこない。シロンを前にして初めて読めない相手もいると知った。

「なつめ？」

「ああ、うん、聞いてる。聞いてるよ」

集中を解いて我に返ると、シロンが不思議そうに覗《のぞ》き込んできている。

「いや、何も話しとらんけど……」

「てめえ、ひっかけやがったな」

「きみが何もないところで転んだんでしょ」

呆《あき》れ顔のシロンを深安は憮然《ぶぜん》と見返すしかなかった。本心で何を考えているのかわからないと思うと、生まれて初めてこの幼馴染《おさななじみ》が不気味な存在に思えてならなかった。

深安なつめと小梅川詩論《シロン》が初めて出会ったのは、二人が通った幼稚園の園庭だった。学年が一つ違う彼女らは、幼稚園での教育において、いつも二人で一組に扱われた。お世話をする上級生《お姉さん》と、お世話される下級生。

もっとも、制度が与えた上下関係を当人たちが気にしたことはない。深安とシロンの関係は、年齢の違いなど感じさせない対等なものに近く、まるで友達か姉妹《しまい》のようだった。普通の友達や姉妹とも、ちょっとずつ違っていたけれど。

普通の友人関係と違った点では、互いに同い年の別の友人グループに所属していたことで、二人は異文化を持ち寄るような友情を育むことができた。

普通の姉妹関係と異なったのは、深安には三つ違いの実姉がいて、年が近い兄弟姉妹につきものの下らない喧嘩は常時売り切れ状態だったことだ。

ある年、運命が彼女らの将来に決定的な影響をもたらした。深安とシロンが通っていた小学校では、毎年秋になると保護者会がプロの劇団を招いて演劇を見せてくれた。

彼女たちがまだ低学年のその年、演目は『人魚姫』だった。

わずか二時間の上演時間が二人に与えたものはあまりに違っていた。

深安がきっちり二時間分楽しんだそのとき、シロンは一生分の夢をそこに見ていた。

「あたし、役者になるから」

深安が中二、シロンが中三の夏だった。シロンは堂々と胸を張って宣言した。

「仕事にするってこと？　おまえ、ちゃんとわかってんの？」

「難しいのはわかってる」

いや、難しいどころではない。役者で生計を立てるなどとても目標などとは呼べない、夢物語に近いとわかっているのだろうか。どれほどの覚悟を強《し》いられる茨《いばら》の道なのか、シロンは知っているのだろうか。深安は訝《いぶか》しんだ。

かつて美しい歌声の人魚姫に憧《あこが》れた親友は、無数の前途洋々たる若者を破滅させた怪物の背中を追いかけ始めた。

その怪物は俗に、『夢』と呼ばれている。

「まぁ、応援してやるよ」

深安はどうしても彼女を否定できなかった。深安もまた同じ穴の狢《むじな》だったから。

それでも深安は自分の穴の方が数段マシだと信じていた。将来の夢などではないと信じていた。進路希望調査に書き込んだのはただの『目標』だ。

――美容師。

高校を卒業し、二年制の専門学校で教育を受け、美容師国家資格を取得する。言葉にすればこれだけのことだが、やるべきことはかぎりなく具体的だ。ステップは明確化されていて、近道も寄り道もない。何せ無資格で客の髪を切った時点で違法行為なのだから。

たとえどれだけ上手《うま》く髪をスタイリングできようと、美容チャンネル《動画サイト》で何万人視聴者《ファン》を集めようと免罪符にはならない。

目標を実現するには資格を取るしかない。『資格』。その言葉には深安が飛んだり跳ねたりしても変わらない現実の、そして立ち向かわねばならない現実の生々しさが宿っていた。

ちょうどその頃《ころ》、中学二年の深安は知ってしまった。

親になった人がよく言う、

『健康に成長してくれれば、それだけでいい』

という美しい言葉の正体が、その実、単なる強がりであることを。

あるいは深安が生まれてから数年は真実であったのかもしれない。しかし小さな娘がすくすく成長する間に、ささやかな願いに満足できなくなる。『まっすぐ育ってくれるかしら』は『もっと賢く、もっといい子』に変わり、より理想に近づくことをまったく無自覚に求めてしまう。

毛深いことをやめたヒトという動物は、今のところ欲深いことまでやめられたわけではない。

「ママ、あたし、美容師になる」

それは進路希望調査の提出日前日だった。リビングに居並んだ両親に、深安は自身の将来について打ち明けた。

「…………」

深安の両親はいい顔をしなかった。

特に深安なつめを産んだ後もビジネスパーソンとして活躍し続ける母親の反応は冷淡だった。

「あんたねえ、自分の将来なのよ。真面目《まじめ》に考えた？」

「……美容師の何が悪いの？」

「ニュースをちゃんと見ないからそういうことを言うのよ。いい？　これからは人口がどんどん減る時代なのよ」

「人がどんどん減って、髪を切るのがロボットの仕事になって、人間の美容師の出番はないって言いたいの？」

ふてくされながら、深安はつい最近見た人工知能のドキュメンタリーを思い出していた。

「そうじゃないのよ。人口が減るってことは人の髪の量も減るってこと。年間何人が美容師免許を取るのか、ちゃんと調べた？」

深安は不機嫌になって唇を尖《とが》らせるしかなかった。

「それに美容師になるなら専門学校へ行って資格を取らなきゃいけないでしょ」

「うん……」

「やり直しがきかないとは言わないけど、若いうちの二年は貴重よ」

まるで無駄か遠回りのような言い方をされて、深安のはらわたは煮えた。

しかしキレてもしょうがない。キレるのはかんたんで、一瞬だが、それで深安が何かを得るかといえばそんなことはありえない。もちろん、深安はそこまで冷静だったわけではない。ただシロンならどうするか、心の中にはそれだけがあった。シロンなら冷静なはずだ。

「普通の四年制大学に行っておきなさい。その方がつぶしがきくから」

母親の中で結論は初めから決まっていた。

父親は何も言わない。

誰よりも夢に真摯《しんし》なシロンなら、その実現のために泥をも啜《すす》るだろう。なんの足しにもならない自尊心を押さえつけ、最善手だけを積み重ね、粘り強く交渉するだろう。

「どうしたら認めてくれる?」

「そうね……、木野花《このはな》高校に受かったら、考えてもいいわ」

深安の母は地域有数の進学校を挙げた。

そこには大人らしい計算が含まれていた。そこそこ偏差値の高い学校にはそこそこ頭のよい子供が集まる。そこでできた友達に影響されれば、深安も考えを変えるかもしれない。冷たい計算だった。

親は子に夢を見る。

それは果たされなかった理想を実現してくれることであったり、世間に認められる立派な業績をなすことであったり、あるいは単純にお金をいっぱい稼ぐことであったり。

まぁ、とにかく無茶振りをしてくる。それは罪ではない。現実の言葉にして、相手に伝えてしまうまでは何を期待しても人の勝手だ。


深安が実の母から難題を突きつけられたその翌日、学校からの帰り道、深安はたまたまシロンと一緒になった。街を一望できる坂の上の通学路を二人は並んで歩いていた。

シロンはパピコを二つに割って、片方を深安に渡しながらそっけなく言った。

「へえ、美容師。いいと思うけどな」

「うちの親アタマ固すぎ」

礼を言って受け取りながら深安はシロンの横顔を見た。

シロンは要領がよかった。中学の厳しすぎる校則の目を盗んで小遣《こづか》いを持ち込み、帰り道に買い食いすることもしばしばあった。どこのコンビニは制服だと売ってくれないとか、どこの時間は見回りがきついとか、知り尽くしていて巧みに教師の追っ手を撒《ま》いた。

校内スマホが摘発されればモックアップ《模型》を生贄《いけにえ》に差し出し、お菓子の持ち込みが露見した日には言葉巧みに教師にも食わせて共犯者に仕立て上げた。

その要領のよさの一部を深安も受け継いでいる。

「まぁどこもそんなもんだって。うちだって役者なんかで食っていけるかーって毎日叱《しか》られとるわ」

「そりゃそうでしょ」

坂の上の通学路からは、街のシルエットが見渡せた。ちっぽけな街だと思った。そこで暮らす自分はもっと小さい。

「アホか、うちの人生だ。うちの好きにさせろや」

言い切るシロンは清々《すがすが》しかった。

深安にとってシロンは最も気安い友人であり、対等でありたいと願う相手であり、絶対に認めないけど永遠の憧れでもあった。

「で、なつめは諦《あきら》めんの？」

まっすぐ見つめられて、深安に逃げ場はなかった。

「バ、バカ！　誰が諦めるか！　絶対に諦めない！　ただ……」

「ただ？」

「うちの親が木野花に受かったら考えてやるって……」

深安は母親に突きつけられた条件を自信なさそうに打ち明けた。あまりにも厳しい条件に思えた。

「それだ！」

シロンは叫んで飛び上がった。二人のすぐそばを車が駆け抜けて、走行音がまだ小さく耳に残っているうちに、シロンは叩《たた》きつけるように言った。

「うちも！　木野花受ける！」

「はあ？　あんた、何言ってんの？」

深安は本気で一つ年上の幼馴染の頭が心配になった。

「学歴があればいいんだ。その手があったか」

「そんなんでおばさんたち納得してくれんの？　っていうか役者って学歴でなれんの？」

「違う、違うって、なつめ」

シロンは立て板に水の勢いでまくしたてた。

進学し続けるかぎり、学業優秀であるかぎり、親を納得させる必要なんてない。

高校、大学、大学院まで進めば二十四歳まで学生をやれる。その間にチャンスを摑《つか》めばいい。いわば延命策。夢のために使える人生の持ち時間を延ばすためだけに偏差値の高い学校を目指す。数千時間の受験勉強で年単位の時間を買えるなら安いものだ。シロンは鼻息荒く力説した。

「はぁ？　だいたいもう九月だよ？　あんた木野花と自分の偏差値わかってんの？」

深安は納得しなかった。

「はっ、うちに不可能はない！　……いや、違うな。うちに不可能はあるが、夢に不可能はない！　この方がかっこいいな！　だいたいうちはまだ本気出してないだけだし」

こいつ、頭のネジがぶっ飛んでやがる。深安はため息をついた。小梅川《こうめかわ》シロンを本気で哀れに思った。

だが半年後、彼女はシロンを見くびっていたと知る。

シロンは本気を出し、見事第一志望校に合格した。まだまだ寒さの厳しい二月、笑顔眩《まぶ》しくピースサインを突きつけてくる幼馴染を、深安は直視できなかった。

けれども一歩引いた位置にいた深安は、重要な一つの事実を見落とさない。

シロンの計算には学費が含まれていなかった。

親の出費をあてにして、あるいは奨学金で将来に支払いを先延ばしする気だったのかもしれないが、ともあれそれは現在の自己利益《りえき》だけを最大化する危険な計算式だった。

深安はシロンを見直すと同時にこうも思った。

――こいつ目的のためならなんでもやるやつだな。

しかしその努力は確かに深安の胸を打った。自分も続かねばという義務感になり、深安は木野花高校に合格する。一年間必死だったはずだ。そうなるまでに相当な努力や我慢や克己《こっき》があったはずなのだが、そういった汗の臭いを一切《いっさい》感じさせない自然な進学だった。

実際のところ深安は自分が頑張ったとは思っていない。

ただシロンが合格したのだから自分も追いつかねばと思い、平日は学校が終わってから五時間、休日は八時間の勉強を一年間毎日続けただけだった。深安にとってそれは努力ではなかった。

『なんでなんだ事件』の日の夜。

深安は採点結果を母親に見せながら得意満面だった。高校合格に続いて母親の鼻を明かしてやれると思うと、喜びは子供じみた感情に化けて深安の胸の内を爽快《そうかい》にした。

「ママ！　中間考査の結果！」

「……………びっくりした。あんた、こんなに勉強できたっけ？」

「がんばったの！」

後ろめたい気分を押し隠しながら彼女は努力を主張した。母親からの課題である木野花高校に進学し、勉強についていけている。その証拠に定期考査の結果は悪くない。

「いいでしょ？　美容学校に進んでも」

「パパにも見せて相談するから、ちょっと待ってて」

「再来週、三者面談だからね。憶えておいてよ」

だからそれまでに娘の進路について覚悟を決めてよ、と言外に匂《にお》わせる。

母はその意図を正確に理解したようだった。

(困った。困ったなぁ。下手な条件を出すんじゃなかった)

考査の結果が記された紙片を見つめながら、母は表情を隠すように自分の白い頬を撫でた。

だが心の声は隠せない。

(どう脅かしたらこの子は諦めるのかしら)

本来なら届くはずのなかった声は、深安に特大の失望を与えた。

3

水曜の放課後も深安は演劇部の練習を見に行った。

バレー部がコンビネーション練習をしたり、バスケ部がミニゲーム練習をする中、演劇部は壇上リハーサルをしていた。

部員たちの中で、ただ一人シロンだけが輝いていた。素人《しろうと》が見ても誰が一番うまいかわかるほどだった。他の部員たちの演技は、なんというか舞台劇向きじゃない気がする。コントとかやった方が面白《おもしろ》いんじゃないか、と深安は訝《いぶか》しんだ。

あまりのひどさに部長が泣き真似《まね》を始めるほどだった。

「うあああああっ、なっちゃん～～～」

「なっちゃんはやめろって。うぜぇから」

体育館の舞台から飛び降りると、入り口近くで立ち見していた深安に走り寄った。見慣れた光景だ。部員たちはちょっと苦笑しただけで、もう演出の段取り確認に戻っている。

幼い頃、シロンは深安を「なっちゃん」と呼んでいた。今でもからかいのニュアンスでなっちゃん呼びをすることがある。ちなみに深安はシロンを「シロちゃん」と呼んでいた。

「なっちゃんはなっちゃんでしょ」

「おまえ、あたしがババアになってもなっちゃん呼ぶ気かよ」

「おばあになっても、……ズッ友だよ☆」

豪華にウインクも添えて。

深安は背筋に冷たいものが走るのを感じた。

「あたしの前でぶりっ子すんな、キショクわりい」

「けっ、サービスしてやったっつーのに」

何がサービスか、と深安は小さくため息をついた。シロンに媚《こ》びてもらっても何も嬉しくない。

「見た？　あの大根役者！」

シロンは声を抑えなかった。

「てめえの部の部員になんつー言い草……、容赦ねえな」

「うちは全米を感動の嵐《あらし》で沈めたいっつーのに」

「嵐でどうやって沈むんだよ」

「涙の嵐が吹き荒れる」

「物理的かよ」

深安は義務としてツッコミを入れ、シロンは大げさに天を仰《あお》いで叫んだ。

「これじゃあ『サル芝居』だよ!!」

「聞こえてますよ!!」

舞台から怒鳴り声が返ってきて部員たちがどっと沸《わ》いた。

今年の木野花高校の演劇部といえば、その筋では非常に評判が悪い。シロンの口から出た『サル芝居』も他校の辛辣《しんらつ》な誰かが最初に揶揄《やゆ》して言ったものだ。シロンは初め激怒したが、一通り怒った後は一言「確かにその通りだな」と納得して自分でも使い始めた。

部長自ら認めるくらいには、木野花高校演劇部のレベルは低い。

まず小道具係からしてひどいものなのだ。ドライフラワーが枯《か》れた。人形を作ったら髪が伸びた。椅子なのに自立しない。既製品の改造なのにそれでも立たない。

挙句の果てに本番舞台で役者が使ってる小道具のスマホが鳴った。しかもハンズフリーモードで電話口から女の金切り《痴話げんか》声がホール中にこだました。

とかなんとか伝説に事欠かない。

さすがに『ドライフラワーが枯れた』はフカシだろうと思うけど、役者のスマホ着信は事実だと深安は知っていた。なんなら目の前でその悲劇は起きた。シロンに内緒で観に行ったのだ。同行したサキとミキは爆笑し、深安もつられて肩を震わせた。

レベルが低い、とはこういうことを言うのだと思った。

本物のスマホなど使わずに、モックアップ《模型》を用意すれば起こらなかった悲劇だ。本物を使うなら機内モードにしておけばよかった。その手間さえ惜しんで舞台を台なしにするのだから、低レベルのそしりはまぬがれない。喜劇《コメディ》だけやればいい、深安はそう思った。

「あーあ、去年はよかったなぁ」

シロンは壇上を見つめながら、ここではない場所を見ていた。

「去年はレベル高かった。練習の密度が違ったもん。ちゃんと観てくれる人を楽しませる舞台作ってさ、演劇命って人たちがいっぱいいてさ」

「先輩たちのことまだ引きずってんの？」

「だって！　本当にすごかったんだよ！　あの人ら絶対将来ブレイクするって！」

「わかったわかった」

「でもまずは自分のことだよね」

「シロン……」

幼馴染の思いつめた表情に、あくまで部外者の深安は何も言えなかった。

シロンは決して深安を演劇部に誘わなかった。よく顔を出すから知り合いになってる演劇部員から軽口で「もう入部しちゃえば？」と言われることはあったが、シロン本人から入部の勧誘をされたことは一度もない。

それでいいと深安は思っている。

演劇に関してシロンはあまりにも真剣だった。純粋すぎるほどだった。役者というカテゴリに入ってしまえば、深安とてシロンからの軽蔑をまぬがれないだろう。

上演を観てくれとも言われなかった。下手な芝居を見られることほどシロンが恥ずかしく思うことは他になかった。

友人としての距離感を、深安ほどの世知に長けた少女が見誤るなど、ありえないことだった。

4

深安は知っている。

人間はみな平等という美しい建前《たてまえ》が、時として通用しない場所で自分たちは生活していることを。

教室にいる生徒たちを分ける透明な床があることを彼女は知っていた。彼女にとっての床が、別の者にとっては天井《てんじょう》であることも知っている。

自分は貴族である。

クラスメートに囲まれていて居心地が悪いと思ったことはない。平民ではないのだから、誰かに遠慮しなきゃならない瞬間も、あるにはあるが、……まぁ、滅多《めった》にない。

特に誰とは言わないが平民の生徒と違って、自分は他人から嫌われることをそれほど恐れなくていい。人間関係はしがらみにまみれていて息苦しい。大人も子供もそこは変わらない。

言いたいことを言えば陰口になって本人に返る。やりたいことをやれば『調子に乗ってる』とまた陰口される。度が過ぎれば陰湿ないじめになる。座っている椅子を蹴《け》られ、持ち物を隠され、ああ、ロッカーに閉じ込められた子もいたっけ。十代の少年少女を狭い教室に詰め込んだ必然だ。人間は天使よりもサルに近い生き物だと深安は考える。

それがクラス内カーストというものだ。

群れを作って生きる動物はかならず順位づけをする。メダカだって狭い水槽では顔色一つ変えず同族をいじめ殺す。

深安は貴族であり続けるために常に努力を払ってきた。決して和を乱さず、ダサいと思われるすべてを避け、価値観を示し、流行を先導する。

だけどこのクラスにはカーストに分類できない生徒がいる。

相沢綾香。

稲葉以外の誰ともつるまない。協調性を期待できない相手。

深安の身近にいる別の貴族は、彼女をアウトカーストとみなした。自分たちとは比べることもできない、社会不適合者と見下している。バカなやつらめ……。

教室で相手の正体を見誤ることは、社会生命の死に直結する。長年女子グループの中で生き残ってきた深安は知り尽くしていた。

相沢はアウトカーストなどではないと、彼女の動物的直感は強烈に警告している。関《かか》わろうとしないかぎりは無害。でももし危害を加えようとすれば、あまりにも高い代償を支払うことになるだろう。

では相沢の正体はなんなのか。深安は心を読めるようになって初めて、はっきり理解した。

王族だと。他の誰も気づいていないが、相沢と稲葉の二人は女王だと、深安はそう考えた。

彼女たちは誰も支配しようとしないから一見、貴族には見えない。だけど二人は誰からも支配を受けない。あまりにも自由だった。

もし彼女たちを強引に支配しようとすれば強烈なしっぺ返しをくらう。深安は誰よりも鋭敏《えいびん》な嗅覚《きゅうかく》でその危険を察知している。

言いたいことを言い、したいように振る舞う。息をするようにそうする。そしてその気になればいつでもクラスの中心になれる。

涼しい顔で孤高を保つ二人を見て、深安の胸に酸っぱい感情が満ちた。

その感情は一般的に、羨望《せんぼう》あるいは嫉妬《しっと》、と呼ばれている。

深安は誰よりも空気を読み、水面下では誰よりも気を遣って、ようやくある程度の自由と発言権を手に入れていた。

その深安がどれほど望んでも得られない完全な自由を、彼女たちは自然体で体現している。

羨《うらや》むのは自然なことだった。


木曜日の朝、深安は憂鬱《ゆううつ》だった。まず朝一番、寝坊した。髪は好き放題に撥《は》ね、もつれまくってスタイリングはまったく決まらず、四苦八苦しながらハーフアップを拵《こしら》えた。それでも校門に五分遅刻した。遅れて教室に入れば、いつになく騒がしく、古文の予習訳を写させてもらうどころではない。

でも大丈夫、深安は焦らなかった。何せ人の心が読めるのだから。古文の訳など、教師の心を読めばいいだけのこと。真面目に予習などする必要はない。

そこまで考えて気づいた。その『声』だった。教室を騒がしくしているものの正体は。

（あれ……、何かおかしくない？）

（一限小テストだっけ……、違うよな。なんでみんなそわそわしてるんだ）

深安は教室内を見回した。どことなく落ち着かない雰囲気、みなが意識しつつ、意識的に目を逸らした場所に深安は注目した。三人の女子が仲良さそうにしている。

「──で、テスト終わったから観に行ってきたんだよ～。すっごくよかったよ！」

「映画は観たことない。原作の本は読んだけど。……未散？」

「…………ねむい」

普段大人しめな小谷《こたに》がテンション高く映画の話をしていた。相沢があいづちを打ち、普段人懐《ひとなつ》っこい感じの稲葉がやけに大人しい。

問題はその位置関係だった。稲葉は相沢の椅子《いす》の端っこにちょこんと座り、一つの椅子をシェアするようなかたちで、当然狭くて座り心地最悪なはずなのだがそんな様子はおくびにも出さず、涼しい顔で腰から肩まで密着させている。人前でそんな破廉恥《はれんち》な甘え方していいと思ってるのか！

（はーっ、なにこれぇ。完全に二人の空間だよ……。逃げたい……）

小谷は表情を取り繕うのがとてもうまかった。

誰もが見て見ぬふりをした。誰も文句を言ったりはしない。みな自然に目を逸らすし、みな自然に受け入れる。好き勝手に振舞えるのは、王族の王族たるゆえんだろう。

それでも慌ただしい朝の教室だ。一人の男子が相沢の真横を通り過ぎ、小鼻をひくつかせた。

（なんだろう……。違和感が……）

単純な好奇心から深安は彼の心に耳を澄ませた。

（相沢の、髪か？　この匂いは……）

彼だけではなく他にも気づいた生徒は数人いた。相沢と稲葉から距離が近かったり、そばを通りかかったりした者たちだった。

（なんで相沢と稲葉、同じシャンプー使ってるんだ？）

（もしかして、お泊まりなのかッ？　そうなのかッ？）

木曜の朝である。

昨日は平日で、今日も平日だ。不審に思うのも当然だろう。その空気が教室の半分近くまで伝染している。

当の相沢本人はというと、

「ねえ、やっぱりちゃんと椅子に座らない？」

なんて言いながら、

（お泊りしたお泊まりしたお泊まりしちゃった……）

感情に乏しい表情の下で舞い上がっているし、もう一人の当事者である稲葉も、

「……ここでいい。…………ここがいい」

微睡《まどろ》みつつ相沢の方に頭を預けている。そのくせ頭脳は意外と明晰で、

（チャンスだったのに！　ちゃんと話せばよかったのに！　いつか話さないといけないことなのに、話せなかったし、というかどうして綾香っていつもあんなに早く寝ちゃうの⁉　すぐ隣で無防備に寝てるし、こっちはドキドキしてお預け状態なんだけど⁉　眠れないんだけど！）

異様なスピードで意味不明な思考をかっ飛ばしている。

いつも……？

深安は窒息しそうになった。

お泊まり常習犯か？

いつの間にそんな関係に？

二人の清く正しい友人関係は、そうとは知らぬクラスメートたちにとって爆弾同然に作用した。

そのまま朝のホームルーム《HR》時間は過ぎ、授業が始まってしまった。

相沢は授業中もどこか上の空で、教科書さえ開いていない。

いつもだって決して真面目とはいえない授業態度だけど、教科書くらい開いている。聴くふりくらいはしている。ノートはほとんど書かないけど。深安は横目でちらちら相沢と稲葉の様子ばかりうかがっていた。相沢は抜け殻同然だった。

そんな授業態度を古典の教師は隙《すき》ありと見た。

「じゃあ、八十三ページ四行目から、相沢さん、読んでください」

秀才の油断を仕留めてやろうという意図がありありと読み取れた。

異様な光景だった。教室中が相沢の席を振り返った。彼女がどう対処するのか、興味を惹《ひ》かれて

「はい。――」

すらすらと教科書を読み上げる。前を見て声だけ聴いていればいいたって普通。つっかえることもなく、うまいこと音読するものだな、と感心するほどではあるが、そこはまだ常識の範囲内。

異様そのものだった。

相沢は教科書を広げていない。それどころか机の上に出してさえない。

なのに読めている。彼女の澄んだ声が教室の天井に反射し、深安の耳に入る。誰の耳朶《じだ》も同じように震わせる。その内容は、今まさにみなが広げている教科書と一字一句たがわないもので、なのに相沢の手元にその本はなくて……。

「あの、先生。どこまで読みますか?」

「あ、ああ、もうけっこうです。そこまでで」

古典の教師はたじたじだった。

校内の考査でも、校外の模試でも満点以外取ったことがないという少女。どこの大学であれ、今すぐ受けたとしても合格するといわれている開学以来の天才。

もしかして、教科書の中身、全部憶えているのか？

気になった深安は一日中相沢綾香を観察していた。

その視線はことあるごとに好きな相手の方を見てしまう中学生にも似ていて、深安が相沢を目で追っていることに気づいた一部のクラスメートは勘違いをした。

（深安、そいつは無謀じゃないか？）

（あの二人に割って入るのはさすがに……）

アホかと思いつつ、深安はとうとう放課後まで相沢が教科書を取り出すところを見なかった。

だから彼女は他のクラスメートたちとは違い、お泊まりは稲葉の家で行われ、だからこそ今日は相沢は教科書もノートも持っていないとわかった。ついでに相沢が置き勉しない派だと推理することができた。


放課後、深安は体育館に演劇部の練習を見に行って、目を疑った。

見慣れた小梅川シロンの顔にまず違和感を覚えた。どことなく表情が険しい。制服姿がおかしいと思った。彼女は演者《キャスト》なのだから、本番ぎりぎりのこの時期、舞台衣装を身にまとっているはず。

そこまで考えて、次に目に飛び込んできたものを、深安は直視できなかった。

幼馴染の脚がおかしい。

特に右の、膝《ひざ》から下が明らかに変だ。

見る者に過剰包装のような印象を与えるギプスが、シロンの右のふくらはぎから下を固めていた。そのシロンはというと、パイプ椅子にどっかり腰かけて、部員たちの練習を興味なさそうに見ていた。深安がやってきたのに気づくと、

「へへへ、折っちった」

けろりとした顔で言った。

「おまえ、何、言ってんの……」

「めっちゃ痛かったお☆」

ぺろりと舌を出すそのしぐさが無性に不愉快だった。

深安は信じられないものを見るような思いでシロンの右足を見つめた。何があったか、深安は知らない。想像もできない。だが現実としてシロンは足に大けがを負っていた。

全身が氷になってしまったかのようだった。取り返しのつかないことが起きてしまったのだ。

今日まで必死に準備してきたのではないか。少女は全身全霊をかけて演劇に打ち込んでいた。

なのに、この足では……。

なのに、どうしてこの女はこうも普段通りでいられる……？

「何やったの」

「ダンベル落としちった」

ぺろりとシロンは舌を出す。

バカか、この女は。ふざけてる場合か。

「土曜日、合同練習会じゃなかった?」

「うん。こりゃ辞退だねえ」

「あんた主演だよね……?」

「いやぁ、残念だ」

深安にはシロンの透明の涙が見えたような気がした。読めないはずの幼馴染の心が、あとちょっとでわかる気がした。あとちょっと? バカを言うな。心なんか読めなくても、何を考えているかなど一目瞭然じゃないか。

(深安来た)

(部長をなぐさめてやってくれ〜〜。うちらじゃ無理ぽよ〜〜)

(土曜の合練、さすがに無理だよなぁ)

(合練は参加辞退だろうねぇ。うちは部長一人でもってるようなもんだし)

部員たちの心の声が、困惑もあらわに伝わってくる。

目は口ほどにものを言うし、心の声は喉《のど》の声よりずっと感情に素直だ。

「いやだ……」

誰か助けてくれ。

「嫌って言われても、しゃーなしでしょ」

深安はすがるような視線をシロンに向けた。

「いやだよ、シロン、らしくないよ」

「……………」

無性に気に入らなかった。

従容《しょうよう》として運命を受け入れる幼馴染の態度を前に、肌が粟立《あわだ》つような不快感に襲われる。

「なっちゃんさぁ、一番つらいのはうちよ?」

「嘘だ。……そんなの、嘘だ」

演技が下手すぎる。

落ち着き払ったシロンの態度が演技だとすれば、何もかもがおかしい。シロンにしては演技が下手すぎる。

「ちょっと待ってろ」

「なっちゃん⁉」

深安は体育館の床を蹴った。

何をすればこの行き詰まりから抜け出すことができるのか、深安にはわからない。だけど誰に助けを求めればよいのかはすぐにわかった。

まだ校内に残っていてくれるといいが——。

深安は走った。何せ日数がもうない。事態は一刻を争う。

ばたばたとスカートの裾《すそ》をはためかせ、廊下を走った。この際、校則など知ったことではなかった。一段飛ばしに階段を駆け下りた。急ぎながらも頭の片隅はクリアで、まず昇降口を見に行った。靴を確認し、教室に残っているだろうとあたりをつけて階段を上る。息はとっくに上がっていた。

自分の教室が近づくにつれ、はっきりと声が聞こえた。

(まつげ、長……)

(あ、いい匂い……)

心の声は相沢だった。

だとしたら一緒にいるのは、稲葉以外にはありえない。

助かった——深安はすでにすっかり救われた気になっていた。

(…………っっ!!)

教室内からひどく急《せ》いた声のようなものが聴こえた。立ち止まらない。

(綾香……、早く、もう一度)

もし普段の深安だったなら、教室内に飛び入ることはできなかっただろう。心の声を聞けば明白にお取り込み中だった。他人の恋路を邪魔するやつは馬《うま》に蹴られて星になる。

だが深安はそれどころではなかった。

「助けてくれ、相沢！」

手を合わせて平身低頭した。

相沢ならなんとかしてくれる。

王族の相沢なら、天才の相沢綾香なら、自分などには思いもよらぬ解決を見つけるだろう。考査は全部満点で、教科書がなくても朗読ができて、おまけに昼休みの地震すら正確に予言して見せるうちのクラスの魔女さまなら、高校生の演劇くらい朝飯前に救って見せるのではないか。恐ろしく無自覚に無茶苦茶な期待をかけていた。

「どういうことなの……？」

最初、相沢綾香は明らかに戸惑っていた。狼狽《うろた》えていたといってもいいくらい動揺していた。稲葉未散との時間を邪魔してすまないとも思ったが、深安にはそれどころではなかった。

「演劇部に助っ人できてくれ」

深安の状況説明は淀《よど》みなかった。

演劇部の合同練習会が土曜日に迫《せま》っていること。

主演を務めるはずだった小梅川部長が足を骨折してしまったこと。

代役がいなければ合同練習会への参加を辞退せざるをえないこと。

主演なので当然出番も台詞も山盛りで、常人には務まらないであろうこと。

（わたしには関係ない。関係ないけど、深安さんは助けを求めてる。見殺しにしたら今までと何も変わらない。出会いがわたしを変えた。変われたと信じるなら……。窮鳥懐《きゅうちょうふところ》に入れば猟師も撃たず、……ぴったりね）

すっかり事情を飲み込んだ相沢はただ一言だけ言った。

「過去の上演テープがあるなら」

台本の量でもなく、見返りのことでもなく、ただ手本はあるのか、と。

「綾香⁉」

はたと反応したのは稲葉。相沢を気遣《きづか》っている。

「土曜日なんだよ？　あと二日しかないよ……」

身も蓋《ふた》もなく言えば「深安を見捨てろ」と言っているわけだが、深安は鷹揚《おうよう》に受け止めた。

稲葉の言っていることはもっともだし、何より意見された相沢が揺るがないことが深安の安心材料だった。

（大丈夫、本番当日まで十日もある。一番少ない場合でも四日ある。時間はじゅうぶん）

ただ相沢の考えていることがわからない。

「相沢、念のため確認だけど、本番は明後日だよ？　本当に大丈夫？」

「大丈夫、わたしは天才だから」

現実を正しく認識しているかだいぶ怪しいものだと思いつつも、深安は目の前に垂れた救いの糸にすがった。

「そんな……」

稲葉の心細そうな声を聞きつつ、深安はスマホを取り出した。電話をかける先はもちろんシロン。テープがあれば解決だ。怪我《けが》をしたシロンには気の毒だけど、合同練習会への不参加だけは避けられる。

(ダメだよ、綾香……。このままじゃ『前回』と同じ……あっ)

稲葉と目が合った。彼女が胸の内に渦巻かせた不安にひっかかりを覚えながら、深安は呼び出し音《コール》を聴く。

『前回』……?

(なつめちゃんは今、心が――んんっ)

どくん、と痛みを放ちながら稲葉の心臓が飛び跳ねる。

え? バレた? 心を読んでるって。

稲葉? 何を思おうとした?

――なつめちゃんは今、心が読めるから、余計なことを考えてはダメ。

もしかして、こんな感じ?

深安は疑心暗鬼に陥《おちい》りながら級友の表情を観察した。

目を逸らしたままの稲葉未散は遠い目をしていた。その変化に相沢は気づかない。深安は心落ち着かない気分になり、その意味について深く考えようとした。だが思考が本格的に動き始めるより先にシロンと通話が繋がってしまって、ついに考えず終《じま》いになってしまった。

相沢の協力を取りつけた今、もはや演劇部は救われたも同然だった。

稲葉が深安の異能に気づいていようがいまいがどうでもいいことだった。どうでもいいことにいつまでもかかずらう彼女ではない。

つまり深安は要領がよかった。

越えなければいけない壁をみつければ、上手い抜け道を見つけた。登らねばならない屋根があれば、梯子《はしご》の保管場所が直感でわかった。

しかし深安は最後まで勘違いに気づかなかった。

越えなければいけないと思っていた壁は実は屋根で、その上からの眺めは一度見たならその後の価値観を一変させるものだった。

真に登るべき場所は実はその隣の屋根で、梯子をかける場所が違っていた。

つまり深安は、誰よりも効率的に間違った道を進んでいた。

5

奇跡が起きた。

すべての演劇部員がそう思った。

もうダメだと思っていた。

木曜日の朝、合同練習会への参加は辞退しなければならないと思った。

ところが深安なつめが連れてきた小柄な一年生が欠けた配役を完璧に埋めてしまった。まるで魔法を見ているかのようだった。淀みない台詞《せりふ》、なめらかな演技、完璧な脚本理解。都合のいい妄想として、OGがふらっとやってきて代役してくれても、こうはならないだろう。そのくらいその一年生の代役は文句のつけようがなかった。

土曜日、合同練習会の会場は運動公園の敷地内にある市民会館。市内と近隣の高校から演劇部と演劇同好会が集まり、一校も欠けることなく開催され、そしてつつがなく終了した。

深安は一生忘れないだろうと思った。

瞼《まぶた》に焼きついている。スポットライトを浴びて代役の少女は堂々と演じた。頭のてっぺんから足のつま先まで輝いて見えた。動作はこなれていて、この劇を百回も演じた熟練の演者のようだった。張りのある声はよく伸びて、台詞は耳に心地よかった。表情で物語の機微を巧みに語り、視線には色がついたようだった。彼女がため息をつけば観客もため息をついたし、彼女が微笑めば観客は心から安堵《あんど》した。相沢綾香は生まれついての役者だった。

だから、この後の展開は必然だった。

現地解散になった後、家の方向が同じだった深安とシロンは帰り道をともにした。市民会館からバスに乗り、自宅の近くで降りた頃には秋の短い陽《ひ》は落ちかかっていた。シロンが松葉杖《まつばづえ》を使っていること以外は、中学時代にも時々あった下校風景に似ていた。

シロンは夕陽《ゆうひ》に目を細めながら言った。

「あんな逸材、どこから連れてきたの？」

「すごいでしょ。うちのクラスの自慢だよ」

深安はどこか誇らしげだった。だがすぐにデリカシーに欠けていたことに気づく。言葉では認めつつ、シロンの胸中は複雑怪奇に歪《ゆが》んでいた。

（なんだよ、あいつ……。おかしいだろ……）

黒い感情を渦巻かせている。言うまでもなく相沢綾香のことだった。

「……」

深安はたじろいだ。

読み取った深安の感情まで黒く染まりそうになるほどの強い感情をシロンは育てていた。

「バケモンかよ。明日にも演劇部に入って欲しいわ」

（反則だろ、あんなの）

「明日は日曜でしょ」

「じゃあ月曜日でもカンベンしたるわ」

「……はは、誘ってみたら?」

ちくりと、胸が痛んだ。どうしてみんな相沢のことばかり。シロンは一度だって自分を演劇部に勧誘したことはなかった。なのに。

「………うん」

どうして、こうもあっさり、相沢だけ。

(しかもあの演技、去年の先輩にそっくり……)

いつの間にか、当たり前のようにシロンの心が読めるようになっている。

深安は自分の能力が拡大していることに気づいた。今や人の心を読むのに集中する必要はなかった。以前は読めなかったシロンの考えも、考えどころか言語化されない感情の波まで手に取るようにわかった。

「あ、もしかして子役でもやってたとか? それとも養成所の人?」

「いんや。聞いたことないけど、たぶんそういうのじゃないよ」

ぴしりと、シロンの心に亀裂が入る音を深安は幻聴《聞い》した。

敬意は膨らむほどに嫉妬に近づき、嫉妬は煮詰めれば憎悪に変質した。あらゆる感情と同じように負の感情もまたカラフルに変化していく。

(あんなにうまいのに、どうして、不公平、あたしだって、素人、夢、こんな身近に、ありえない、もしかして彼女と同レベルのやつはまだゴマンといる？　そいつらと競《きそ》って勝って生き残って、ああなんて途方もない……）

そして、決定的な言葉を聞いてしまった。

（ここまでしたのに、なっちゃんが余計なことを！）

そこで深安の足は動かなくなってしまった。

こつん、松葉杖の先端が地面を突く音が聞こえ、シロンの背中が遠ざかる。夕陽がまぶしくて、彼女の髪が秋の夕風になびいて、幼馴染の表情がオレンジ色の逆光に隠れる。

こつん、また距離が離れ、けれど心の声は小さくなってくれなくて、隠された表情は今や明白に深安の心の中に映じていた。

「なつめ？」

数メートル先で、シロンが振り返った。

心のうちにしまい込んだものがすでに暴《あば》かれてるなどとは夢にも思わない取り繕った表情で、シロンは立ち止まった深安を怪訝《けげん》に見つめていた。深安はその仮面を泣きそうになりながら見つめ返した。

「シロン……」深安は声の震えを意志の力でおさえつけた。「その足さぁ、どうして怪我したんだっけ？」

「言ったでしょ、ダンベル落としちったぁー、って」

間延びしたシロンの口調は癪《しゃく》に障るが、シロンは嘘をついていない。

なぜなら、嘘などつく必要がなかったから。

深安が勝手に騙《だま》された。一人で転んだ。

うっかり——ダンベルを足に落とした。

故意に——ダンベルを足に落とした。

省略された言葉を補ってやれば、その意味は正反対になる。

「シロン、その足、自分でやったね?」

沈黙。

秋の夕風が肌を乾燥させ、深安は首筋に痛痒《つうよう》を感じた。

ため息。

相変わらず自分を見つめてくるシロンの視線は、いつの間にか険しくなっている。

そして。

「あんたはなんでもお見通しだね」

認めた。

「どうして、そこまで……」

「時々見に来てたからあんたも知ってたでしょ。うちの演劇部、終わってるんだよ」

誰よりも近くにいたと思っていた幼馴染、その心が果てしなく遠い。

「あんなものを人に見せるくらいなら死んだ方がマシ。足の一本なら安い」

シロンは吐き捨てるように言った。

深安は知っていたはずだった。

――こいつ目的のためならなんでもやるやつだな。

シロンが木野花高校に合格したとき、はっきり認識したはずだった。

それでも目を覆《おお》わずにはいられなかった。

「シロン、ダメだよ、そんなのは」

そういうもんじゃないだろう。

高校生の部活動というのは必ずしも結果のためにやるものではない。

一つの目標のために個人が努力し、集団が団結し、周りの協力を取りつけながら前に進む。

結果が出ればなおいいが、出なくても全力でやった結果として受け止める。成長の場だ。

「めぇ～～～～～っちゃ痛かった！」

シロンは深安の方を見ていなかった。からっと笑って、大げさに身振り手振りを交えて語る。

「躊躇《ためら》っちゃってさ、最初腰の高さから落としたんだ。でも足の甲って結構丈夫でさ、めちゃくちゃ痛いだけでちゃんと歩けるし動けるんだよ」

「シロン、もうやめて……」

その瞬間、シロンの記憶が深安の心の柔らかい部分に侵入した。心を読み取る能力によって出入りが自由になった境界を、シロンの心象が奔流《ほんりゅう》となって乗り越える。

《夕暮れ、陽の落ちた室内。赤を通り越して黒。ダイエット用の鉄ダンベルは冷たくて、硬くて、冷酷だった。でも鉄よりも重力が無慈悲だった。躊躇《ためら》いも甘えも、何もかもを押しのけて……》

「しょうがないから背の高さから、ね……」

「やめてよ……、聞きたくないよ……」

深安は何もわかっていなかった。

魔女を頼ることのその意味を、シロンなら知っていただろうか。超人的な能力を持った女を魔女と呼ぶには相応の理由があるものだ。

その瞬間、深安の狭い脳裏《のうり》にシロンの人生を変えた日の出来事が蘇《よみがえ》った。小学校の体育館のフロアは照明が落とされて暗く、ライトアップされた壇上で役者は輝いていた。その演目は、『人魚姫』。

王子を助けた人魚姫は自分が恩人であることを伝えられない。

王子に恋した人魚姫は溢《あふ》れ出る想《おも》いを伝えることも叶《かな》わない。

なぜなら、声がないから。

足を手に入れ、海の生活を捨てた彼女は、代わりに声を差し出した。世界中が羨望《せんぼう》する美しい声を、魔女は魔法の対価として求めた。それはあまりにも有名すぎる童話。

王子と想いを通じることも故郷の海に戻ることもできないまま、時間だけが無情に過ぎ、やがて王子には美しい婚約者が現れてしまう。正体も想いも理解してもらえない人魚姫に魔女が与えた選択肢は二つ。

一つは二度目の魔法の対価として王子の命を魔女に差し出し、声と尻尾《しっぽ》を取り戻して海の生活に戻ること。――あるいはすべてを諦めること。

袋小路だ。どちらを選んでも悲劇が待っている。

なぜ？　どうして？　健気《けなげ》な想いを抱いた乙女に、なぜ世界はかようなむごい仕打ちで応《こた》えたのか？　答えは明快――魔法を求めたからだ。

少女が魔女の助けを借りたとき、結末が明るいとはかぎらない。

なぜなら魔女は魔法の代価を求めるから。その代価をたいていの少女は払いきれない。

「せっかくクソ舞台を潰《つぶ》してやったと思ったのに、台なしにしてくれちゃってさ」

シロンの射るような視線に、深安は思わず身をすくめた。

（■■■■■■■■■■■■）

伝わってくる感情は、もはや言葉の形をなしていない。ただただ黒い感情のほとばしりが深安の方へと流れ、読心能力によって増幅された共鳴になって彼女を汚した。

深安は泣きそうになりながら抗弁した。何よりシロンの荒《すさ》んだ心のありようが悲しかった。

「そんな言い方ないよ。みんな頑張ってたのに」

「なつめ」

呼びかけは叱りつけるみたいに響いた。

「誰も頑張ってなんかないよ。最高の手抜き舞台さ。むしろ頑張ってあのザマならさっさとやめちまった方がいい」

そう吐き捨てたシロンの心のささくれが、深安には誰よりもはっきりわかった。

読心の力などなくても以心伝心なのだ。ならば人の心を読む力が極限まで肥大した今、力は呪《のろ》いに変化して――。

ただただ深く、行きすぎなまでに心の奥深くまで同調していた。

幼馴染が心に負った傷と同じものが、今や深安の心に刻まれている。

シロンのしたことは正しくない。その判断は譲れない。それでも心を読む呪いによって共鳴してしまう。シロンが苦悩の末に選んだ選択に強すぎる共感を抱いてしまう。

だって――、

(潮時だ……。同年代にあんな化け物がいるなら、もううちの出る幕はない……)

シロンの心に空いた穴から諦めが広がっていく。彼女は演劇をやめようとしていた。

「やだ……」

――それを深安は死ぬことよりも恐ろしいと感じた。

「やだよ、シロン。そんなのっ」

夢を追うシロンが、好きだった。無鉄砲で行動が速く、したいように自由に振る舞う彼女がいたから、身近にいてくれたから、深安は日々の鬱屈《うっくつ》に耐えることができた。なのに、

（やめよう、演劇）

諦めの言葉はいっそ淡白なほどで、だからこそ言葉にならなかった気持ちは荒れ狂ったままシロンの胸の内で暴れている。

「そんなのは、ダメだよ……！」

そしてやぶれかぶれの気分を深安にそのままぶつけてくる。

「ダメって言われてもさぁ、しょうがないじゃんねぇ。……もしかしてなっちゃん、うちを助けたかった？」

シロンは本気だった。

命懸けで演劇をやっていた。

何かに打ち込むことがこんなにも重大で、切実で、――こんなに痛いなんて、知らなかった。

心臓に刃を突き立てられたみたいに、押し寄せる激痛と灼熱が深安をさいなむ。目に見えない血がとめどなく流れ、足元を血の海にしていく。

「それとも、うちを笑ってたん？」

シロンは泣きそうな顔に無理矢理な笑みを作った。

まるっきり地獄だった。

深安が生きている場所が地獄に塗り替えられていく。

呪いから生じた傷が広がって、世界を侵食する。

「ちがっ、あたしは、そんなつもりじゃ」

「そうだよね、なっちゃんはいい子だもんね。うちはわるい子だからさぁ」

シロンの口元に自嘲《じちょう》がうっすらと浮かぶのを深安は見て取った。その瞬間、深安は不思議な感覚に覆われると同時に、シロンへの憧れをはっきりと自覚した。

難しい挑戦と知りつつ、夢を追う姿に憧れていた。誰よりもかっこいいと思っていた。その憧憬《しょうけい》は今や砕け散り、夢だったものの欠片《かけら》になってしまった。

シロンは穏やかなまま、言った。

「いい子のなっちゃんはさ、もううちには話しかけないで」

深安の心が折れた瞬間だった。

憧れを自覚すると同時に、当の本人から拒絶され、深安の心の支柱は一瞬で消し飛んだ。

どんなときでも強い願いは行動になり、必ず周囲を巻き込む。強すぎる願望はしばしば呪いに化け、周囲を汚染せずにはいられない。

魔女の呪いは伝染する。

そう、魔女の呪いだ。

かつて安定していた世界に魔女はたった一人きりで生きていた。その魔女はあるとき世界中を巻き込み己《おのれ》が願望を実現する魔法を執り行った。通常を遥《はる》かに上回る回数の繰り返しが行われ、その結果世界は不安定になり、呪いの発現しやすい土壌が整った。

そうとは知らぬ魔女は不安定な世界で人々の間に広く交友を求めるようになった。

何かを強く望んだとき、人は好むと好まざると必ず他者を巻き込むことになる。

交わりは呪《まじな》いに。

かくして忘れえぬ呪いは形を変えながら世界に拡散した。

6

週明けの十一月一日、月曜日、深安の運勢曲線は底を打つ。

もし予言者や魔女などという超常能力者が存在するのであれば、外出を取りやめるように警告しただろう。

（相沢、最近調子乗ってねえ？）

（稲葉と仲良しだからって自動的に上位グループに入れたつもりか？）

まず休み時間からしてきつかった。普段深安がつるんでいる二人の貴族、ミキとサキの様子がおかしい。こいつら土曜日にろくでもないことを話し合ったんだろうな、深安は直感した。

せめて日曜であってくれたなら深安も関われただろうにと、巡り合わせの悪さを恨んだ。

(陰キャが)

(ちょっと顔がいいから)

その顔が問題なのだ。

もともと相沢は高嶺の花だった。誰が話しかけてもつれない態度は崩れない。そのくせ稲葉にだけ見せる笑顔は可憐《かれん》そのもので、その顔を自分にも向けて欲しいと思うやつらはいくらでもいた。

ところが最近話せるとわかってきた。ずっと稲葉と二人でいればよかったのに、話しかければ普通に応じてくれることが多くなった。あの表情を自分にも——、なんて儚《はかな》い期待を寄せては裏切られるやつは後を絶たない。

(つまんねーな)

(ハブるか……?)

(深安はどんな感じだろう……)

(深安があいうやつを許しておくわけがない)

バカめ、と深安は悪罵《あくば》を胸の内に吐き捨てた。

ぽっかり虚無にも似た荒んだ気持ちを抱えていた。

誰がハブれるものか。

相沢と稲葉、どちらも女王だ。どちらか片方を相手にするだけでも骨が折れる。なのに片方を敵視した瞬間、もう片方が自動的に敵方に回る。やってられない。

深安は自分の票読みに絶大な自信があった。女子たちは戸惑いながら半数が同調してくれればいい方だろう。男子はもっと状況が悪くて、女子の意志統一が図られないかぎり協力はまったく期待できない。

それが本能でわかるからこその上位カーストなのではないか。

考えるまでもなく嗅覚でわかるから、教室という考え方も経験もバラバラな思春期の少年少女が集められた伏魔殿《ふくまでん》で、ある程度言いたいことが言え、やりたいことをやれる立場でいられるのではないか。

ミキやサキとはこうした常識を共有できていたはずだ。

なのに、血迷った考え方をしている。教室という水槽を誰よりもうまく泳げるはずの人魚たちが怒りに我を忘れ泳ぎ方を忘れてしまったのだろうか。

やめてくれよ、と深安は念じた。ただでさえシロンのことで面倒なことになってるのに。

「土曜日のこと、深安さんと話してくる」

「あっ、私も一緒に行くよ」

「過保護ね。……ありがと」

そんな教室内の微妙な空気の変化に相沢が気づいたようには見えない。稲葉はたぶんうすうす勘づいている。だから相沢を一人では行かせない。

だがそんないじらしい気遣いは意味をなさなかった。

深安のいる席と相沢の間にはミキとサキが陣取った席があり、相沢が側を通りかかったとき、事件は起きた。

（えっ――）

心の声を発したのは稲葉だった。

ミキの足が横に伸び、相沢を転ばせようとしていた。ミキの口元に小馬鹿《こばか》にしたような三日月が浮かぶ。

まさか、そんなに早く動くなんて、深安は目を疑った。ミキの抜け駆け行為は、教室社交では決して許されない反則行為だ。子供じみたイジメなど比較にもならない。特に自分《深安》のような同格以上の貴族に事前通告なくコトを起こすなどあってならないことだ。

危ない。喉元《のどもと》に声を詰まらせながら深安は腰を浮かせた。転ぶのはもう避けようがないだろう。せめてましな転び方ができるように、何か自分にできることはないか。思って、その瞬間、相沢綾香と目が合った。そんな気がした。

「いっ――」

そしてありうべからざる事態は、それ以上の逸脱を見せる。

差し出されたミキの脚を、相沢が無慈悲そのものを体現した無表情のまま踏みつけていた。

氷の女王が「おまえにくれてやる感情はない」と宣告する場面の顔だった。

「ってぇあああああっ」

教室中が振り返る。

叫び声が天井に反響し、休み時間の無秩序な喧騒《けんそう》に、大穴が開いた。

(え、何だ、今の声、誰だ?)

(ミキさん? 今叫《さけ》んだの)

(何が起きた⁉)

身をかがませ、足首を手で押さえながら相沢を見上げるミキの姿勢は、屈服し頭を垂れる奴隷《どれい》のように見えた。

「あんた、……何すんの」

「ごめんなさいね。急に足が伸びてきたから、避けられなくて踏んじゃったわ」

相沢の声音からは感情という感情が消え失せていた。背筋がぞくぞくした。背骨が氷に置き換わったような悪寒がして、気を張り詰めていないと震え出してしまいそうだった。

深安は一部始終を目撃していた。相沢は歩調を変えた。いや、まるでクラスメートが転ばせようとしているのを、知っていたかのような動きで上履きの底を振り降ろした。

「おい、てめえ、ふざけんなよ」

「謝ってるでしょ?」

もちろん相沢の謝罪は通り一遍だった。

踏まれた足が痛むのか、ミキの突っかかり方にもどこか力がない。

「謝って――」

「すむなら警察はいらない？　バカじゃないの？　足を引っかけて転ばせようなんて高校生のすること？」

「なん――」

「なんで私がそんなことを？　気に入らないんでしょ？　わたしのことが。いいわ、戦争しましょう。受けて立つわ」

凄まれてミキはいよいよ震え出した。

わからない。

わけがわからない。

なんで。

どうして、あの大人しかった相沢がミキを血祭りに上げているんだ。

「綾香、やめよ？　だめだって、こういうの」

「…………」

稲葉に窘《たしな》められてようやく相沢は捕らえた獲物を解放した。ミキとサキに背中を睨《にら》まれながら深安の方へ歩いてくる。

彼女の輪郭がぼやけて見える。人間に見えない。その姿が禍々《まがまが》しく膨らんで見える。何を考えているんだよ、こいつは。

（綾香、気が立ってる……？）

稲葉の怪訝《けげん》な声。相沢の白い表情。読心能力者はその裏側を覗こうとして——寸前のところで踏みとどまった。強まった読心能力、その力で相沢の中にあるものを暴いて、自分は無事で済むのか。きっと受け止めきれない。動物的な直感だった。

触らぬ神に祟りなし。決して触れてはならない。その存在について語ってはいけない。なんなら見てもいけない。誰かが冗談交じりに茶化《ちゃか》した禁忌《タブー》。こいつの心を暴くことは単なるルール違反に留まらない。深安自身の破滅を招く。

演劇部を救った魔女が今や深安の目の前に立っていた。

おい、と言葉にならない焦りが大脳を痺《しび》れさせる。

身体が強張って、鼓動が速くなる。ミキとサキに背を向けた相沢が至近距離にいる。口を開こうとしている。まさか、と深安は窮地《きゅうち》をはっきり自覚した。比喩《ひゆ》抜きで眩暈《めまい》がしていた。勘弁してくれ。見逃してくれ。もう十分だ。

「ねえ、深安さん、土曜日のことなんだけど」

相沢が口を開くが、半分も聞こえていなかった。今だけは話しかけてくれるな。喉《のど》は干上がり、声が出ない。

遠くから二人の視線が深安を責める。

そいつと話すのか、と踏み絵を迫ってくる。

教室中が深安の態度に注目していた。


放課後、稲葉は何か理由をつけて相沢をさっさと帰してしまった。ひどい追っ払い方をしていた。相沢は見るからに肩を落として、そのときばかりは年頃《としごろ》の少女のようにしか見えなかった。

体育館へ続く渡り廊下の真ん中で、深安は稲葉と決してまっすぐには向き合わなかった。二人きりで立ち話でもしているかのような気安さを装いながら、けれど二人の間にあるべき親しみはぽっかりと抜け落ちている。

（…………）


「なんとかしないといけないのはあたしもわかってるよ」

相手が最初の一言を発する前に、深安は先手を打った。もちろん教室での安全保障のことだ。

稲葉の目を見れば何について話したいかは一目瞭然だった。

「ミキちゃんとサキちゃんに話してくれる？」

かんたんに言いやがって。

「稲葉から言ったら？」

思いのほか突き放すような響きが強くて、言った深安の方が動揺した。

けれど。

「私が言うと逆効果になっちゃう、……かも」

深安は稲葉を改めて尊敬した。まったく動じず、稲葉は深安の挑発を受け止めきった。

「そう、だね」

仲裁する立場としては、稲葉は相沢と近すぎる。

稲葉がどう言いつくろっても、相沢寄りの発言に聞こえてしまうだろう。

（………）

「だいたいさ、相沢、なんかあったの？　らしくないような気がするんだけど」

「綾香はもともとあのくらいだよ」

本心で言っているのか？　稲葉の言い分を吟味しながら、深安は小さな違和感を覚えた。

（………）

反射的に耳を澄ませて心の声を拾おうとする。

（………）

稲葉？　疑念が膨らみ、すぐさま確信へと育つ。確信をより確かにするために、深安は沈黙を選択した。

（……………………ん）

それは我慢比べにも似ていた。水を張った洗面器に同時に顔をつけ、先に顔を上げた方が負け、なんて子供がやるゲームに似ていた。時間が経《た》つほどに深安は確信を深めた。

稲葉、あんた、何も考えてないね？　どうして何も考えないようにしてる？

「もっと大人しいやつだと思ってた」

深安の声音はあまりにも平坦《へいたん》だった。シロンが演劇部に誘わないのも納得してしまうくらい、演技が下手だった。

（……っ、気づかれ、だめ！）

捕まえたと思った。稲葉は意識的に何も考えないようにしていた。

なんのためかなんて、考えるまでもない。意図的に何かを考えないのは、それを読まれると知っていて、それを読まれて困るやつだけ。

「慣れてないから、不器用なだけだよ」

「怖いよ、ちょっと」

こいつらはなんなんだ、と深安は思った。

知らないはずのことを知りすぎている。

どういうわけか相沢は知っていた。ミキが卑劣な足を伸ばすことも、自分を転ばせようとした意図も、知っていた。知っていて避《よ》けなかった。真っ向から迎え撃った。

たぶん集団の中に順応した経験が乏《とぼ》しいせいだろう。正面からまともに相手する以外のやり方を知らないのだ。

ああ、なるほど、確かに不器用だ。

理解してなお、『どうして』と思わずにはいられない。

どうして穏便に収めてくれなかった。

足が出てきたなら避ければいいだろう。バカじゃないんだ。ひと睨みくれてやればミキだって警告を受け取っただろう。

「ねえ、なつめちゃん、お願い。助けて」

素直で、変な見栄も意地もない、稲葉のようなやつが頭を下げている。我慢も社会性も知らない相沢なんかのために。

「なんで……？」

（……？）

気に入らない。

「そんな特別なの？　なんで相沢ばっか気にするの？」

「……………」

（え、なつめちゃん？　なつめちゃんがどうして、そんなこと気にするの？）

とうとう深安の中に溜《た》め込《こ》まれたものがはち切れた。

「なんでなんだよ、どいつもこいつも、自分の都合ばっかり」

母の顔を思い出した。将来をやんわり強制してくる自分勝手な親。

シロンを思い出した。偏屈なこだわりで部の活動をぶち壊そうとした身勝手な幼馴染。

そして目の前には稲葉がいた。こっちの都合そっちのけで自分好みの解決を押しつけてくる友人。

「あたしは嫌だよ。相沢のためにミキやサキに我慢しろって？　絶対イヤ」

よもやはっきり拒《こば》まれるとは思わなかったのだろう。稲葉の表情が固まり、作り笑いが壊れた。深安はこのクラスメートが顔を歪《ゆが》めるのを初めて見た気がした。

その気になればなんでも思い通りにできる王族のくせに、汚れ仕事をこっちに寄越《よこ》すな。念じながら深安は睨みつけた。

（なつめちゃん。なんで……。このままじゃ綾香が……）

またしても相沢だった。

そんなに大事なの？

深安の口元に嘲笑《ちょうしょう》が浮かんだ。弱みを握ってやったと思った。

「いい？　この問題にあたしはノータッチ。ミキサキと相沢、気が済むまでやればいい」

（そんなの……、ノータッチって、それは）

仲裁などする気はない。どちらかが倒れるまで見物を決め込むということだ。

「ね、考え直して。なつめちゃんだって、綾香のこと嫌いじゃなかったでしょ？」

「らしくないよ、稲葉」

問われた深安は断ち切るように言った。

今の稲葉は深安が知っているいつもの友人とあまりにも違う。同じ顔をした別人のように思えた。

「なつめちゃんこそらしくないよ。そういう子供っぽいの、嫌いだったでしょ?」

「しつこいな!」

詰め寄ってくる稲葉を深安は腕ごと振り払った。

まさか深安が手を上げるとは夢にも思わなかったのだろう。短く悲鳴を上げた稲葉はよろめいて、――尻《しり》もちをつくならまだましだった――、倒れ込む先はコンクリートの段差。頭を打てば、ただでは済まない直角が待ち受けていた。深安の心臓が縮み上がり、病的な痛みさえ発しながら、強烈な血流を送り出して全身を興奮させる。

だが。

そこに小柄な人影が飛び出してきた。

相沢が稲葉の身体を受け止めた。いや、受け止め切れず二人で尻もちをつく。ひどい状況だが最悪は回避された。

「深安さん」

低い位置から平たい声が深安を刺した。

静かで、透明で、明確な殺意。

——どちらか片方を相手にするだけでも骨が折れる。なのに片方を敵視した瞬間、もう片方が自動的に敵方に回る。

地べたに這《は》いつくばうような体勢の二人と、二本の足でしっかり立つ深安。しかし精神的には真逆だった。危うく稲葉を殺すところだった。深安は心の中で土下座していた。相沢に殺されてもおかしくないと、今の深安にはそれが荒唐無稽な想像とは思えなかった。

だから気になってしょうがない。相沢は何を考えているだろうか。

好意的なはずはない。問題はどの程度敵意を持たれているか、だ。深安にとっての最重要課題だった。つい心の声に意識を傾け、その軽率さを彼女は当分後悔することになる。

《黒》

気づくと深安は濁流《だくりゅう》のような感情に翻弄《ほんろう》されていた。

《どこか知らない場所。大きな建物。心象が教える。園庭。知らない子供。友達だった。「気持ち悪い……」なかったことになった》

相沢の心に集中してはならなかった。膨大な記憶が押し寄せてくる。

《どこか知らない家。大きな家と立派な家具。大人たち。理解して欲しかった。「あんたなんか魔女よ」『採用』された。胸に空いた大穴。塞《ふさ》がらない傷跡《きずあと》。古傷が痛くて泣いた夜が無数にあった》

何もかもがそのままの鮮明さで残されていた。

《あらゆる時間と場所で、何回やっても結果は変わらなかった。大切な人。いなくなってしまう人。地獄の底で、一人きりだった。助けに来てくれた人がいた。無力。何もかもに飽きて、でも見捨てることもできない。百万回の昨日と、刃物の先端。雷鳴。誰かの優しい声》

本人も忘れたような、ぼろぼろの記憶の痕跡《こんせき》だった。

それは今朝《けさ》見た、そして今すでに忘れつつある夢見の景色にも似ていた。

吐き気をこらえながら深安は後悔に沈む。　見るべきでないものを見た。

目の前の少女から流れてくる黒い感情の奔流の中で、深安の無垢《むく》な心は嵐の中の小舟同然だった。黒いイメージは一瞬で深安の心象と尊厳を隅から隅まで侵食した。高波にさらわれるのと同じ、抵抗する間もなく水面下に沈められてしまう。

《死んだ。大切な人が死んだ。物言わぬしかばねになり果てて、けれど心が動かない。悲しいはずなのに涙が出ない。また死んだ。際限なく死に続けた。見飽きるほど見て、どんなに手を尽くしても結果は変わらなくて、地獄の底を走り続けた。もがき続けた。

——どうしてわたしがこんな目に！

果物ナイフの切っ先、鋭くて、安楽で、次の繰り返しはすぐに用意されて。絶望して絶望して絶望して、逃げ場などどこにもなくて、ただただ無力なままで、繰り返すしかなくて、繰り返すことができて、繰り返し続けて、終わりがなかった》

吹き荒れる絶望と憎悪の嵐を前に、深安の精神は水底に沈んだかのように動くことを忘れた。

顔を青くして、そこでおしまいだった。背を向けて駆け出す。

心の中がぐちゃぐちゃだった。それでもあの黒色には及《およ》ばない。

目を逸らして、現状を整理するほどにやりきれない。

モメた。あのおおらかで誰とでもうまくやれる稲葉とモメた。突っかかって、いたずらに揉《も》め事《ごと》を起こし、敵に回してはならない相手と対立した。なんなんだ、あたしは。わかってたはずなのに。自己嫌悪は際限ない。

それ以上に、今見たものはなんなんだ。

大人しそうなクラスメートが揉め事を起こした。心を覗いてみたら化け物がいた。あどけない顔の下にとんでもないモノを飼っていた。

なんだこれ。

なんなんだよ、これは！

ちょうど一週間前、『なんでなんだ事件』が起きた。

遠い昔の出来事のように思えた。

あのとき相沢は胸の内で自己弁護をした。隣のクラスの矢野さんが満点を取れないのはわたしのせいじゃない——だって？

深安は呆れ返った。

いやいや、相沢綾香、それは違うぞ。おまえのせいなんだよ。

おまえは気づいていないが、教科担任はおまえに満点を取らせたくなくて出題を難しくしているんだ。平均点への影響を最小限に抑えつつ、最終問題だけ難関私大の過去問から引用している。だから満点回答者がいないんじゃないか。おまえ以外は。


だが気づいていないだろう。

定期考査など文字の書き取りテストにすぎない相沢にとって、問題の難易度など気にもならないに違いない。

陸上競技の走り高跳びでたとえるなら、高さ二メートルのバーをまたぐように超える者は、バーの高さが一・七〇メートルなのか一・六五メートルなのかなんて気にも留めないだろう。

だがその結果どうだ。

本来もっと点数を取れたであろう秀才たちから自信を奪った。

どんなに勉強をしても常人ではきわめて満点の取りにくいテストができあがった。たった一人の自然災害のような少女――魔女がかけた魔術によって現実は歪められた。

伝承の魔女は疫病を呼び、戦争を起こし、不作を招く。

牛乳を腐らせ、子供たちに嘘をつかせ、そしてテストを難しくする。

ただそこにいるだけで呪いを振りまく。

呪いが蔓延した結果、弱い者から倒れていく。

深安は自分のことを貴族で、強い人間だと思っていた。その認識は当たっている。半分だけ。貴族であることと呪いへの免疫力はあまり関係がなかった。つまるところ彼女はそれほど強い人間ではなかった。


翌日、深安は教室に現れなかった。

朝登校しようとするとお腹《なか》が痛くなって、玄関から一歩も動けなくなった。

半日安静にし、医者にかかったが異常は発見されなかった。それから丸一日横になっていた。スマホを見ていると、メッセージアプリでもフォトSNSでも、あらゆるところに友人たちの影がちらついた。自己嫌悪に沈む深安に日常の平常運転は眩しすぎた。

翌日も同じことの繰り返し。病院には行かなかったけど。

必ずしも病院に行かなかったのが原因ではないが、深安の異変はここで急変した。

呪いが街中から赤の他人の心の声をかき集め、昼も夜も深安から静寂を奪った。

(今月の売上が※※※※で来月の仕入れが――)

(ウワワワワッ、財布拾っちゃっ……エエエエエッ、何十万あるんだコレ)

(カルビ、ロース、タン、センマイ、さくら、それから、それから……じゅるり)

――うるさくて眠れない。

眠ろうとしている深安の頭の中にどうでもいい収支計算が繰り返され、どこかのバカのせいで深安が一円も得をしないネコババについて考えさせられ、挙句の果てに肉とタレの焦げる香ばしさが嗅覚に再現された。

耳障りな声と感覚の共有は片時も深安を休ませなかった。当たり前だ。街のどこかで、いつでも誰かが起きて活動しているのだから。

心を読む呪いは無節操に拡大し、彼女自身をも飲み込もうとしていた。

誰にも相談なんかできない。一人で抱え込むしかない。

木曜日、登校しようとするとやっぱり腹痛がひどくて、深安の母はここで初めて慌てた。市外の大学病院に予約を入れ、車を飛ばした。

待合室でスマホの画面を眺めながら深安は一人確実に傷ついていった。

自分がいなくても日常は回る。

いや、誰であっても一人欠けたくらいで世の中は変わらない。知らん顔をして明日に向かって動き続ける。深安にはどうすることもできないことだった。その残酷さ、その冷厳さ、その無慈悲を前に彼女は途方に暮れた。

どうしてこんなことになってしまったんだろう。

もし過去に戻れるなら、今度はうまくやるのに。一度きりでいいからもう一度だけチャンスが欲しかった。

「学校で嫌なことでもあったの？」

病院からの帰り道、ハンドルを握る母の声音は気づかわしげで、実の母親に心配されて、たったそれだけのことで深安は救われた思いを抱いた。シートに深く身を預けたまま答える。

「そんなんじゃないよ。ただ友達とケンカみたいになっちゃったっていうか」

それを嫌なことと言うのではないか、気づいて深安は苦笑するしかなかった。

「こじれる前に謝っちゃいなさいな」

「あたしが悪くなくても？」

深安は運転に意識の半分を取られている母親に訊いた。

「悪くなくても。その友達より自分の意見が大事だって信じてるなら謝るべきじゃないけどね」

嘘の混じり込む余地のない言葉だった。

シロンの右足を深安は思う。間違っているのはやつの方で、自分は正しい側に立っている。でも、シロンのことも大切だ。何よりも彼女を大切だと思うからこそ、信念のためとはいえ己の身体を傷つけるなど見過ごせなかった。だからシロンには謝らない。もう決めた。話しかけるなと言われたがかまうものか。悪いのはシロンだ。言いなりになどならない。態度をはっきりさせると胸のつかえが取れたような気がした。

稲葉には謝ろう。相沢にも。そしてあのとき垣間見《かいまみ》た黒い記憶については忘れてしまおう。

「ありがとう、ママ」

すっきりした気分だった。完璧にいつも通り。何もかもがうまくいくような予感さえした。

「ねえ、美容師、そんなにダメかな」

その追い風の予感に深安は忠実に従った。

「苦労するよ。ママはあんたが苦労しないようにアドバイスしてるの」

「違うよ、ママ……」

美容師になるのが夢なのだ。楽をして生きていきたいわけではない。はっきりとそう言えたらどんなにいいか。心を読める少女は知っている。そこまで言ってしまったらもう後には引けないと。だから、

「わかってよ……」

そう言うしかなかった。

「………」

母親の沈黙は深安に緊張を強いた。何も二つ返事で色よい答えが返ってくることを期待したわけではない。ただ、沈黙は長かった。緊張に耐えられなくなるほどに長かった。

そして、その声《心》を聴いてしまう。

（どうして美容師なんかにこだわるのかしら。聞き分けのいい子だと思ってたのに）

子なら親から夢を応援されたいと願うのは当然ではないか。

親ならわが子の夢を――。

「あたしのやりたいこと、応援してよ……っ」

当然の要求をしていると思った。

当たり前のことを、ここまで懇願《こんがん》しなければならない現実の苦さに舌がもつれる。

「お願いだから、ママ……！」

涙ながらの訴えは、あまりにも強い感情の表出だった。健気《けなげ》に己の将来を希望する娘の姿は、人の親の心を打ったに違いなかった。この場合、確かに言葉は力だった。そして同じ感情からもう一つの力が鎌首《かまくび》をもたげる……。

（なんて言って説得したらいいの？　そもそも説得できるの？）

その力こそは魔女の呪い。

呪いは際限なく拡大し、心を読む魔女はいつからか、人の心に触れられるようになっていた。本人のまったく自覚しないところで、呪いは深安の内側で育ち、やがて外側の世界を侵食するようになっている。

（決意が固いならやらせてあげた方がいいんじゃないの？）

深安には母親の心の動きが手に取るようにわかった。急速に深安の望んだ方向に変化していく。いや、無意識に働く深安の力によって彼女が望むありかたに変化させられている。

「もちろん応援するわよ」

（愛娘の夢なんだから、応援して当然よ）

人の心を読む魔女は成長し、人の心を操《あやつ》る魔術を手に入れてしまった。他人から自由意志を奪い――いや、もっと悪い――他人の意志決定を上書きし、本人にも気づかれぬうちに意のままに操ってしまう。

「…………っ」

すべてが手遅れになってから自覚した。深安の望みは永遠に潰えた。

母親が自発的に夢を応援してくれる日は未来永劫《みらいえいごう》訪れない。それを理解して深安は叫び出しそうになった。

自宅に着き、車から降りる頃には陽が落ちかけていた。深安は家に入らずふらふらと歩き始めた。どこへ行こうとしているのか、本人にもわかっていない。いつか幼馴染と歩いた帰り道を探していた。早足になっていた。日常の景色が次から次へと現れて、深安の後ろに消えていく。

ただ心の声だけが雄弁で、そこに彼女の居場所はないと告げていた。深安にはそう聞こえた。

（お風呂《ふろ》掃除したらココちゃんのお散歩に行って、それが済んだらお買い物……）

（さむいさむい、昨日窓開けっぱなしで寝たのがどう考えてもまずかった）

人の家の飼い犬の散歩を心配すると同時に、風邪をひいた誰かの悪寒は深安に伝染した。

そして。

だいぶ離れたはずなのに、家にいる母の心を深安は聞いてしまった。成長しきった呪いは聞きたくない声までも深安に届けてしまう。

（まったく、何を意固地になってたんだか。子供の人生は子供のもの。……応援してあげなくちゃ、ね）

深安は母親に考えを押しつけた現実を直視できなかった。

――うるさいんだよ、静かにしてくれ!!

心を操る魔女は叫び、天はその叫びを聞き届けた。渾身《こんしん》の大魔法だった。

ぴたりと声が止《や》み、耳が痛むほどの静寂が訪れた。

オレンジ色の街は何も言ってくれない。

うるさいくらいずっと聞こえていた心の声は綺麗さっぱり消え去ってしまった。

気づくと深安は坂の上に立っていた。彼女が育った街の景色を一望できる場所に、かつてシロンが壮大な計画を語った場所に一人きりで立っていた。見渡すかぎり、誰もいない。まるで世界が滅んだ後の景色のようで、その意味について彼女が深く考えようとしたとき、

「なっちゃん！」

シロンの声が後ろから彼女を呼び止めた。

振り返ると、そこに相沢《魔女》綾香もいた。

第三章　魔法使いと魔女が見た夢

十月二十九日C

優花《ゆうか》と喧嘩《けんか》して、家出して、翌日深安《ふかやす》さんに無茶ぶりされて、まだ優花と和解していない十月二十九日の夕方。その三回目。やはりと言うべきか、水瀬《みなせ》優花は欠かさずわたしの部屋に来ている。

いつもは来たり来なかったりする気まぐれな従姉《いとこ》だけど、さすがに今日ばかりは違った。たぶん、昨日喧嘩したからだろう。行動を読めるというのはそれだけで許してやってもいいような、つまらないような、複雑な気持ちにさせてくれる。

それはそうとして。

「今忙《いそが》しいからそこに正座してなさい」

「はぁい」

優花は素直に従った。

待たせている間に火を通したグラタンの具——、じゃがいも、たまねぎ、ブロッコリー、マカロニをホワイトソースにからめ、器に移してチーズを散らし、魚焼きグリルにセットする。タイマーはいらない。五分という時間の長さがどのくらいなのか、わたしは体感で完璧《かんぺき》に憶えている。

振り向いて、グラタンに意識を半分残しつつ。

「ごめんなさいは？」

「ゴメンナサイ」

棒読み。いらつかない。三回目だから。

「誠意を感じない」

「この目を見てよ！　悔い改めた目でしょ！」

「………………」

「ああっ、冷たい！　綾ちゃん、視線にオーロラ落ちてるよ！」

「今すぐ帰ったら？」

「もう、つれないこと言っちゃって。今日のお夕飯、グラタンでしょ。何人分かな？」

料理するところを全部見られていた。

「もしかして、それ一人で食べる気なの？」

あつあつでとろとろでクリーミーなグラタン。ほろほろとしたブロッコリーの食感と、完璧な火加減で焼き目をつけられたチーズの香ばしさ。それがちょうど二人前、今まさにわたしの

真後ろで食《た》べ頃《ごろ》になっている。優花は小ばかにしたように「ぷふー」と笑った。

フルスロットルでうざい従姉全開だった。

だから許す気になった。

「もういいわよ」

「えっ」

彼女はあえてわたしを怒らせるつもりなのがわかったから。

わたしが退屈を覚えないように……。

「いいの？」

ひどく省略された言葉だけど、彼女が何を言いたいかわかった。『聞かなくていいの？　おばさんとあたしが何話してたか』

それを知るために散々問い詰めて家出までしたけど、もういい。頭は十分冷えた。

「いい」

「本当に？」

「あんたがわたしの耳に入れない方がいいって判断したことでしょ。ならいい。聞かない」

優花は目を丸くしていた。わたしがこんな物分かりのいい態度を示すとは夢にも思わなかったと顔に書いてある。ずいぶん期待されてないものだと残念にも思うけど、これまでの子供じみた素行の積み重ねのせいなら自業自得だからしょうがない。

「わたしこそ、ごめん……」

「綾ちゃん？」

少しずつでも、前に進もう。

「心配したわよね」

結局、わたしは優花に甘えていたのだと思う。隠し事をされて腹が立った。その気持ちのまま、わがままを言えば教えてくれると思った。でもそうはならなかった。思い通りにならなく余計に腹が立つ。まるっきり子供だ。完璧に甘えだ。

何回目でも自分の非を認めるのは気がすすまないけど、これぱかりは避けて通れることでもない。

「ううん、心配なんかしてないよ」

からりと優花の声は爽《さわ》やかに軽い。

「信じてたからね、綾ちゃんのこと」

「家出娘の何を信じるのよ」

「危ないことだけはしないって」

「バカ。もっと心配しなさいよ。あんたわたしの保護者なのよ」

「そうだね」

あくまで軽い調子で優花は頷く。

なんとなく手のひらの上で転がされているような気がするのだけは気に入らないけど、わたしへの深い信頼が窺《うかが》えて、胸の内がほんのり温かくなる。この感覚は何度目でもいいものだ。

完璧な記憶力で作る献立は、意識して変えないかぎり毎回必ず同じ味になるけど、十月二十九日の夕飯はいつもより少しだけ美味《おい》しかった。


食後にハーブティーを淹《い》れて、本格的にくつろぎモードになる前に、わたしは通学鞄《かばん》から一枚の光学ディスクを取り出した。

「映画観《み》るの？」

「似たようなものよ」

演劇部から借りてきた過去の上映テープだ。

ディスクをケースから取り出し、デッキにセットした。画面を設定すると薄暗い映像が始まり、さほど待たない間に舞台が明るく照らし出された。画質は決してよくはないけど、演者の動きがわからないほどではない。

「演劇……？」

優花が画面に身を乗り出す。興味津々といった感じで。

「うん」

本当は観る必要はない。

最初の十月二十九日Aに演劇部の部室で観たから、光学ディスクに焼かれている内容と同じものが頭の中に残っている。

ただ優花に見せておきたかった。

別に優花と一緒に観たかったわけではなくて……。

「どの人がうまいとか、印象に残るとか、……ある？」

優花はこれでも目が肥えてるから、わたしが素人目《しろうとめ》で見て参考にするよりも、彼女の意見を聞いた方がためになる。

昨日と一昨日《おととい》もいろいろ興味深い意見が出てきた。三回目だけどやっぱり観てもらってるのは、

「面白《おもしろ》いのはこっちの子かなー。えっ、十年前のなの？　この子あたしより年上じゃん」

けらけら笑う優花を見ながら、本当に参考にしていいのか疑問符を付け直した。

毎日欠かさず観てもらうのは、毎日言うことが変わるから。偶然演者のよさに気づいたりしなかったりしてるだけなのか、気まぐれに好みが変わっているのか、わからないけど一人の人間から複数の意見を搾《しぼ》り取れると思えばこれはこれで悪くない。

「昨日のあんたはこっちが好きだって言ってたけどね」

「二年前の？　……ふぅん、今はちょっと気分じゃないなぁ」

「あんたの頭の中どうなってんの？」

輪切りにすると中で小人がさいころ振ってるんじゃないだろうか。

「ん？」

「昨日や一昨日と言ってることが真逆よ」

「んー、綾ちゃんが『毎日』献立を変えるようなものだよ」

画面から視線を外さずに優花は言った。

とぼけた口調だけど、すごい説得力だ。

「もしかして、綾ちゃん役者さんやるの？　絶対観に行くからね！」

優花がずいっと身を乗り出す。鼻息が荒くて気持ち悪い……。

「来なくていい」

「またまた照れちゃって、可愛《かわい》いなぁ」

「本当に来ないで。絶対よ」

合同練習会の場所や日程がバレないように細心の注意を払おう。

画面の演者を眺めながら、わたしは密《ひそ》かに決意を固めた。

十月三十日B

演劇部の練習は体育館の舞台で行われた。普段は特別教室棟の部室で行われるらしいんだけど、合同練習会の直前なので舞台を利用して段取り確認が中心になっている。

「相沢《あいざわ》、メイクの乗り方やっべえな。赤ちゃん肌かよ……」

小休憩のとき、舞台袖《そで》で深安さんが褒めてくれた。舞台メイクは深安さんが面倒をみてくれた。

「ありがとう」

褒められたら、何も余計なことを言わずにお礼を言えばいい。

こんなかんたんなことに気づくのに体感で『五ヶ月』もかかってしまった。

「ほんとありがとな」

「えっ？」

深安さんがぽつりと、気恥ずかしそうに言った。けれど目は逸らさずに。

「演劇部のヘルプ。ほんと助かった」

「役に立ってる？」

「感謝、感謝だよ。誰《だれ》も不満のあるやつなんかいないって。シロンも頭上がんないはずだよ」

深安さんにそう言われて、周囲を見回した。演劇部の人たちの表情は明るい。相談を持ちかけられて、昨日最初に彼らの姿を見たときのお通夜状態とは雲泥の差だった。

「これが無事に終わったらさ、なんかお礼したいんだけど」

「お礼？　そんなのいいけど」

見返りが欲しくて協力しているわけじゃない。

「遠慮するなって、そりゃ夢の国とかはさすがにオゴれないけど」

んん……？　もしかして、ちょっと親密な感じ？

どきどきしてきてしまう。友達と遊びに行くなんて、未散《みちる》以外では初めてのことだし、向こうから誘いをかけてくれるなんて、今まではありえなかったことだ。

「イナバとさ、みんなで遊びに行こうぜ。相沢の行きたいところに」

まるで普通の友達みたいに、深安さんはそう言ってくれた。だからわたしは自分の『夢』を口にした。

「カラオケ」

「ぶふっ、そんなんでいいのか？」

「うん。まずはカラオケに行って、それからゲームセンターでプリクラを取ったり、ファミレスでなんでもないようなことを喋《しゃべ》ったり、本屋さんで好きな本を語りたい」

わたしの次の目標は、『普通』になること。友達がいて、お気に入りの物に囲まれて生活をし、明日が来るのが楽しみになること。

くすりと笑った深安さんは笑みを浮かべたまま言った。

「意外と庶民的なんだな、相沢」

「どんな感じだと思ってたの？」

「うーん、そうだな。絵を売ったり、大金動かしたりしてると思ってた」

なんだ、それは……。

心当たりはまったくない。

「この間、すっごい高そうな絵、運んでただろ？　みんなアレ見てざわついてたよ」

浜野《はまの》の勉強用に渡した絵のことを、深安さんは言っていた。

自分で作ったものだからそんなに価値はない。もちろん作風を似せた画家の真作として売ろうとすると〝塀の中〟だけど。

深安さんと話していて打ち解けた雰囲気になったためか、演劇部の人たちからも声をかけてもらえた。

「キミ、一年生？　演劇経験者？」

「プロなの？　どこの劇団？」

「これ入部届。今なら洗剤つけます」

「けっこうです」

みんな笑顔だった。

ちなみにわたし一人でいるときは声をかけてもらえない。そんなに拒絶オーラが出てるんだろうか。

「きみのお陰で明日は乗り切れるよ。準備を無駄にせずに済んだし、部長も感謝してると思う」

「そうだといいですけど……」

その小梅川《こうめかわ》先輩はどこか浮かない顔をしている。松葉杖《まつばづえ》を足元に転がして、パイプ椅子に足を投げ出すような感じで腰かけながらリハーサルをチェックしている。いや、チェックというより眺めている印象が強い。

「小梅川先輩っていつもあんな感じなんですか？」

つい気になって訊いてみた。

「シロンちゃん？　あんな感じって？」

「ダメ出しとか全然なくて、わたしの演技、たぶん直すところだらけだと思うのですが」

「あー、ないない。そんな心配しなくていいよ」

演劇部の人たちはそろって軽い調子だった。部長が怪我《けが》をして部の危機のはずだけど、深刻さとは無縁だった。

「そうそう。いい感じだから」

何かがひっかかる。

こういう違和感は放置しておくととんでもないことになる。経験上今までだいたいそうだった。

「ちょっと失礼します」

「あっ、相沢さん？」

「お前、余計なこと言うから」

部員たちから離れて、小梅川先輩の椅子の横まで小走りに近寄った。わたしが近寄っても小梅川先輩は顔も上げなかった。

「小梅川先輩」

「ん？　なんだい、かわいい新入部員ちゃん」

ちらりとこちらを一瞥《いちべつ》だけして、小梅川先輩もやはり軽い調子で言った。一瞬だけ見えた瞳《ひとみ》には憂色《ゆうしょく》が浮かんでいた。

「入部はしません」

「ジョーダンだよ。マイケル・ジョーダン」

おっさんくさい……。

「足の具合はどうですか？」

「かゆいね！　ギプスってやつにも困ったもんだ。……それで綾香《あやか》ちゃん、本題は？」

そう言って小梅川先輩はへらへら笑った。なんで名前呼びなんだ……。

「ダメ出しがあると思うんですけど。わたしの演技に」

「……どうしてそんなん思うん？」

そこで小梅川先輩は初めてわたしを直視した。

「小梅川先輩の視線、ですね。言いたいことがありそうだったので」

「その小梅川先輩ってのをやめてくれたら教えたらんこともないかな」

「なんと呼べば……？」

「シロン先輩」

なんで名前呼びなんだ。

「可愛くないでしょ、苗字《みょうじ》呼び。みんなシロンちゃんとか、シロン先輩って呼んでるし」

「ええっと、シロン先輩？」

「はーい、シロン先輩でーす。綾香ちゃんの演技に不満点はねー、あるんですよー、実はー」

小梅川もといシロン先輩は、なんという『シロン先輩』という役を演じている雰囲気だった。自分の意見を即興で『台詞《せりふ》』にしている。

「どの辺でしょう？」

「個性がないところ」

「……」

「演劇って表現なんだよ。綾香ちゃんはお手本に忠実すぎ。いいところも悪いところも全部借り物のままになってる。まぁ、一朝一夕《いっちょういっせき》で歴代の先輩がたの演技を完璧に真似《まね》できるって、バケモンかよって感じなんじゃけどな」

ふぉふぉ、とシロン先輩はわざとらしく笑った。

「その、先輩がたの悪いところっていうのは」

「それは意味がないから指摘しませーん」

「……？」

よくわからなかった。

「自分で考えてごらん」

やっぱり、違和感がある。

何かを隠されているような……。

深安さんはここまですべての十月二十九日に助けを求めてきた。演劇部部長の小梅川シロン先輩が足を骨折してしまい、主役が欠けた劇で代役をして欲しいと頼み込んでくる。毎日、欠かさず。

採用された十月二十八日で、シロン先輩は怪我をした。

うん、何もおかしくない。

理屈の上ではおかしくないけど、何かがひっかかる。

毎回深安さんが助けを求めてくる。ブレがなさすぎる。毎日必ず同じことが起きていて、その背後に何かの意志があるように思えてならない。

「綾香、練習再開するって」

小走りに未散が駆け寄ってくる。マネージャーみたいに細かな部分で手伝ってくれていた。

「うん、すぐに行く……けど」

なんだろう、今、知っておかないと手遅れになりそうな、根拠のない直感がある。

素早く目を走らせ、見れる範囲を全部見ておく。後で思い出せるように。板張りのフロアの木目から、シロン先輩のスカートのひだの形まで。

「どしたの？　ヒトの脚じっと見て」

校則順守のスカート丈から伸びる足、右のふくらはぎの中ほどから下はギプスで固められている。

「いえ……」

「お姉さんの美脚に見とれちゃった？」

言葉にできない小さな違和感がもつれた糸のように思考に絡《から》まる。

何か、違和感がある。

「綾香！　私の見ていいから！」

「そんなんじゃないから！」

その違和感を説明するなら直感としか言いようがない。しかし直感とは無意識下で行われた思考の結果で、無意識とは忘れられた記憶が作り上げる裏の精神構造なので、ものを忘れないわたしが持っていなかったはずのものなんだけど。

シロン先輩の足のギプス。その向こうにあるものにわたしは違和感を抱いた。

この注文書に記入して、お近くの書店へお申し込みください。

書籍扱い（買切）

予約注文書

書店印

【書店様へ】お客様からの注文書を弊社、営業までご送付ください。

（FAX可：FAX番号03−5549−1211）

注文書の必着日は商品によって異なりますのでご注意ください。

お客様よりお預かりした個人情報は、予約集計のために使用し、それ以外の用途では使用いたしません。

2021年7月15日頃発売	著	白石定規　イラスト　あずーる	
	ISBN	978-4-8156-0830-9	
GAノベル	価格	2,970円	
魔女の旅々17 ドラマCD付き特装版	お客様締切	2021年 5月14日（金）	
	弊社締切	2021年 5月17日（月）	部
2021年8月15日頃発売	著	三河ごーすと　イラスト　トマリ	
	ISBN	978-4-8156-1013-5	
GA文庫	価格	2,640円	
友達の妹が俺にだけウザい8 ドラマCD付き特装版	お客様締切	2021年 6月10日（木）	
	弊社締切	2021年 6月11日（金）	部

住所　〒	
氏名	電話番号

特装版は書籍扱いの買取商品です。

返品はお受けできませんのでご注意ください。

新キャラ追加!!
7月15日頃発売!
魔女の旅々17
ドラマCD付き特装版
著●白石定規
イラスト●あずーる
大注目作の特装版が発売です!!
このチャンスを見逃すな!
アニメ化決定★
新キャラも登場!
8月15日頃発売!
友達の妹が俺にだけウザい8
ドラマCD付き特装版
著●三河ごーすと
イラスト●トマリ

慎重にその違和感について深く考え、足の怪我が偶然できた怪我ではないような、そんな気がした。

偶然じゃないってことは、暴行？　誰かに怪我を負わされた？　……それとも、自傷？

自分でつけた傷を見せられたことなんて、そんなにたくさんあるわけがない。そんなものを直感できるとは思えないんだけど、違和感はぬぐえない。とても気のせいで片づける気になれなかった。

十月三十一日D

土曜日。

秋空はよく澄んでいた。合同練習会の会場は運動公園の敷地内にある市民会館だった。

舞台照明が燦々《さんさん》と輝く中、近隣の高校の演劇部や演劇同好会が熱の入った上演をする。見せつけるように身体を動かし、すべての台詞は「俺《おれ》を見てくれ」「私だけを見ろ」の巧みな言い換えだった。

出番以外の時間はホールの座席に座って他の高校の演劇を観るのだけど、『毎日』ちょっとずつ違ってて面白い。五分以上アドリブをやった高校もあった。

木野花《このはな》高校の順番が近づくにつれて、未散は落ち着きがなくなっていった。

「お腹《なか》がいたい……」

「どうして未散が緊張するのよ」

「うう……綾香の晴れ舞台だからでしょ」

「変なの」

「さすってくれたらよくなるかも……?」

「はいはい、よしよーし」

どう考えても甘え方がおかしいけど、助っ人を引き受けてからちょっと様子が変なので落ち着いたら聞いてみようと思った。どことなく不安そうにしている姿をよく見るのだ。

「余裕だなぁ、初めての本番直前だっつーのに、うちの新入部員ときたら女の子といちゃいちゃしてやがってよ。ここは公衆の面前だぜ」

真後ろの座席に座っているシロン先輩がにやにやと半笑いで言った。演劇部メンバーも周りに固まっているので、はっきり冷やかされてしまうと結構恥ずかしい。

「新入部員ではないです」

いちゃいちゃは否定しないけど。

やがて自分の番が回ってきて、固い舞台を踏みしめてそこに立った。

不安はない。緊張した心拍はいつもよりわずかに早く、力強い。心地よい自信になって、足元を確かにしてくれる。

演目は『竹取物語』を舞台向きにアレンジしたものだ。

誰でも知っているかぐや姫の物語。竹の中の小人は短期間で成長して美しい姫君になり、数多くの高貴な求婚者を鼻であしらいながら、最終的に迎えの使者とともに月に帰る。日本最古のＳＦ物語だ。

なるほど木野花高校の演劇部がやるならぴったりの劇だ。

このお芝居はかぐや姫の役さえ押さえてしまえばおおむね成り立つ。脇役《わきやく》が多少大根でも昔話ということでお茶目な一面にしてしまえる。

シロン先輩の計算高い一面を見たような気がした。

劇はテンポよく進む。

『もちろん、おじい様とおばあ様を、実の親と思っておりますのよ』

セリフを発しながら、視界の端で周りを窺《うかが》う余裕すらあった。

舞台袖では深安さんが固唾《かたず》を呑《の》んでいる。そのすぐ隣ではパイプ椅子に座ったシロン先輩が泰然自若《たいぜんじじゃく》を決め込んだ姿勢で足を組んでいた。

『わたくしの望みを叶《かな》えてくださった殿方と結婚いたします。……まず、石造りの御子《みこ》にはほとけの御石鉢《みいしのはち》を持ってきていただきましょう』

だけど素人任せはさすがに心配なのか、その視線はわたしにばかり集中していた。

劇はミスらしいミスもなく着々と進む。

『何を難しいことがございましょう。わたくしを得たいと願うなら、たやすいことのはずです』

わたしの記憶力は完璧で、熟練の役者の動きを完全に模倣《もほう》している。台詞をトチるなんてありがちなミスもわたしにかぎっては絶対にありえない。

その上、シロン先輩が裏方に回っている。失敗するわけがない。この練習会は今年の木野花高校がやらかさなかった希少な事例として、後々まで語り草になるだろう。

『わたくしだって泣く泣く帰るのですから、せめて天に帰るときくらい、笑って見送ってくださいな』

客席が息を呑む。ここまで反応は上々、いよいよ最終幕に近づく。

未散は客席の中央よりちょっと右にいて両手を胸の前で握っていた。固唾を呑むその表情が客席の影の中でもはっきりわかった。ほとんど泣き出す寸前で、瞳には不安が渦巻いている。

別に未散が心配するようなことじゃないのに。トチって恥をかくのはわたしだ。未散が傷ついたり心配したりする必要なんかまったくないのに、我がことのようにハラハラしながら見守ってくれている。

まったく、心配性なんだから。

安心して――、そう語りかける代わりに、じっと一瞬だけ目を合わせて、時間を溜《た》めて、

「わたしを信じてください」

クライマックス、地上に残していく親しい人に手紙を書こうとするかぐや姫を、迎えの使者は無情にも急《せ》かす。その場面のセリフだ。

『信じて、今すこしのお時間をくださいまし』

食い入るように見つめていた未散は、わずかな間、意表を突かれたような表情をして、それからは緊張が解けて、一転していつもの彼女らしい柔らかな雰囲気を取り戻した。

そしてかぐや姫は月に帰り、語り部《かたべ》が残された人々のその後をまとめる。

自分のできることで、自分に求められた役割をまっとうできる。人間とは己《おのれ》の能力を発揮することに無上の喜びを感じる生き物だと強く実感した。

最高の時間だった。

なのに。

「なぜ……」

カーテンコールに立ちながら、低く呟《つぶや》きを落とす。

客席に優花の姿があったのだけが誤算だった。こいつにだけは死んでも見られたくなかった。

行儀よく座っててくれたのだけが救いだ。サイリウムを振っていてもおかしくなかったから。

こうして、たった一つの誤算を除いて合同練習会はつつがなく終了した。

十一月一日C

月曜日、三城《みき》さんと佐崎《ささき》さんからの反感はピークに達した。土日のうちに何があったか知らないけど、ずいぶん憎まれたものだと思いながら、わたしは三城さんの足を踏みつけた。躊躇《ためら》い？ そんなものあるはずがない。悪意に晒《さら》されればすぐに魔女に戻ってしまう。喧嘩を売られればあえて値切ったりもしない。

たとえ誰とモメてようが未散とわたしはいつも通り。わたしが教室社交から爪弾《つまはじ》きにあいそうになってるとか、そんな状況とは無関係に普通に話し、普通に一緒にいてくれる。

だから。

「先に帰ってて」

そう言われたとき、ひどく裏切られたような気分だった。

「どうして？ 待ってるけど」

「職員室に呼ばれてるから」

「うん」

「だから……」

「待たせてくれないの？」

なんでもないはずなのに、別に初めて言われたわけでも、金輪際《こんりんざい》一緒に帰らないと言われたわけでもないのに、追いすがってしまった。

その報いは思いのほか、大きかった。

「綾香って、ときどきナチュラルに重いよね」

図星を指されてわたしは呻《うめ》くことさえできなかった。

「……帰る」

泣きそうだった。

人前で弱みを見せてたまるか、その一念だけで身体を動かし、教室を去る。ささくれ立った気持ちから、必死で目を逸らす。傷ついたという事実を直視するだけでさらに傷ついてしまう気がして、なるべく状況を突き放して見る。未散に拒絶された。その恐ろしい現実を直視できず、他人事であって欲しいという愚かしい願望が客観的な自己分析をさせる。

追いすがるべきではなかった。たまには一人でいたいこともあるだろう。わたしのようなやつにそばにいて欲しくないときだってあるだろう。足が重かった。

つらい。

ただただ、つらい。未散に拒絶されて、いや、拒絶なんかされてない。ちょっと敬遠されただけ。またすぐ元通りに戻れる。そう信じているのに、胸の内が抉られたように痛む。

昇降口で靴《くつ》を履《は》き替えて、外に出れば夕暮れが迫る空から乾いた風が吹いていた。

自分が深く傷ついていることを自覚して、こんなのはおかしいと思った。いや、現実逃避ではない。ちゃんと考えて、未散がわたしを傷つけるはずがないと信じてる。だって出会ってから今日までの一〇三七日で、一度もこんなふうに傷つけられたことなんてない。いつも彼女はわたしを庇《かば》い、守ってくれた。

こんなの絶対おかしい。こういうところが重いと言われてしまったのかもしれないけど、この手の違和感を放置する気にはなれない。

そう思ったが最後、足は前に進まない。くるりと身体の向きを変えて通路を引き返す。下校する生徒たちのまばらな流れを、わたしは一人逆行する。靴を履き替えて教室に戻る。未散のそばに戻ると決めた途端に足どりは軽くなっていた。

「稲葉《いなば》さん？　さっき深安さんと教室出てったよ。一緒じゃないなんて珍《めずら》しいね」

まだ教室に残っていた小谷《こたに》さんが教えてくれた。

職員室に呼ばれてるんじゃなかったのか。嘘《うそ》をついてまでわたしを遠ざけたかったのか。

「ありがとう、小谷さん」

今から学校中を探す？

別にどうしても今すぐ会わなきゃいけないわけじゃない。違和感があるなら明日以降の繰り返しの中でこっそり確かめておけばいい。

でも、どうしても嫌な胸騒《むなさわ》ぎがする。

早足だった歩みは、ほとんど無自覚のうちに走り出していた。

ばたばたスカートの裾《すそ》をはためかせながら階段を駆け下り、特別教室とか空き教室とか、内緒話に向いていそうなところをチェックしていく。

手際よくチェックしていったつもりでも、校内はそれ以上に広い。焦燥《しょうそう》ばかりが募《つの》る。

「相沢さんっ」

呼び止められた。本当は無視してしまいたかったけど、わざわざわたしを呼び止める相手はほとんどいないし、声でその主がわかると無視するのは気が引けた。

「浜野《はまの》さん」

「どうしたですか？　顔色、よくないですよ」

「未散を見なかった？」

期待なんかしていなかったけど、問わずにはいられない。

ダメで元々だったけど、浜野の小さな唇は欲しかった答えをくれた。

「稲葉さんですか？　ええっと、見ましたよ。体育館のほうに……」

次の瞬間にはもう駆け出していた。

「ちょっ、相沢さん！」

戸惑った声が後ろから飛んでくるけど、振り返る余裕はない。

校内から校内への移動だから走った距離は実のところたいしたことはない。体育館に向かう通路。その最後の角を曲がろうとして、——耳に飛び込んでくる。未散の声。

「綾香はもともとあのくらいだよ」

自分の名前が出ていて、つい物陰に身をひそめてしまった。まるっきり盗み聞きだった。

「慣れてないから、不器用なだけだよ」

「怖いよ、ちょっと」

話し相手はもちろん深安さんだった。

何の話をしているのだろうか。たぶん今日の休み時間にわたしが起こしてしまった事件についてだろうけど、どういう話になっているんだろうか。

「ねえ、なつめちゃん、お願い。助けて」

「なんで……?」

どうして未散がここまで追い詰められた声で深安さんに懇願しているのかわからない。

それに対する深安さんの受け答えも変だった。

「そんな特別なの？　なんで相沢ばっか気にするの?」

「………」

深安さんがそんなことを気にするとは思えない。

思えないけど、その声には無視できない切実さが滲み出していた。

「なんでなんだよ、どいつもこいつも、自分の都合ばっかり！　あたしは嫌だよ。相沢のためにミキやサキに我慢しろって？　絶対イヤ。——いい？　この問題にあたしはノータッチ。ミキサキと相沢、気が済むまでやればいい」

深安さんは金切り声で言った。何が彼女をここまで必死にさせているのか、さっぱりわからない。何もかもが藪《やぶ》の中だった。

「ね、考え直して。なつめちゃんだって、綾香のこと嫌いじゃなかったでしょ？」

「らしくないよ、稲葉」

「なつめちゃんこそらしくないよ。そういう子供っぽいの、嫌いだったでしょ？」

弱々しい未散の声を聞いて不思議な直感をした。

このまま黙って見ていることは悲劇を招く。根拠はない。ただ知っている。無意識レベルに染《し》みついた危機感が強烈に警告していた。

危ない——。

デジャヴした。それは夢で見た景色にかぎりなくよく似ていた。どこかで見た悪夢、繰り返されつくして陳腐になってしまった悲劇が目の前で再演されようとしている。

「しつこいな！」

わたしは飛び出す。今まさに未散が倒れ込もうとしていた。そしてちょうど頭の行先には段差の直角が待ち受けている。背筋が凍りそうになるが、戦慄《せんりつ》を楽しんでいる暇はない。

飛び出した勢いそのままに、全身で未散を受け止めた。当たり前だけど受け止めきれず、し

たたかに尻《しり》もちをついてしまうけれど、上出来だった。不格好だけど頭とか大事なところは打ってない。ちゃんと生きてる。怪我もまぁ、ほとんど無傷のようなものだ。

「深安さん……」

どうしてこんなことを。

深安さんが未散を振り払った。こんなのは三回目で初めて見た。

目が合う。深安さんの表情が歪む。その顔をわたしは知っていた。化け物に出会った人が見せる顔だ。深安さんの瞳とわたしの瞳が媒介し合って、感情が共有される。

わたしの無意識と感情と記憶が深安さんの方へ流れ出していく。入れ替わりに深安さんの記憶も流れ込んできた。

――『あたし、役者になるから』

――『……美容師の何が悪いの？』

――『で、なつめは諦《あきら》めんの？』

――『バ、バカ！　誰が諦めるか！　絶対に諦めない！』

時間も登場人物もバラバラのたくさんの風景だった。深安さんがいた。シロン先輩がいた。知らない大人が出てきた。たぶん深安さんのお母さんだろう。深安さんの記憶がそう教えていた。

今のは、何？　頭の中がひどく混乱している。

深安さんは一歩、二歩、後ずさりして、何か言おうとして口をパクパク動かすけれど、言葉は出てこない。三歩目の後ずさりはなかった。彼女は背を向けて逃げ出してしまった。

「大丈夫？ 立てる？」

「……うん」

上になってる未散が先に立ち上がって、座り込んでいるわたしに手を貸してくれた。

「ありがと。受け止めてくれて。重かったよね」

「未散は羽根みたいに軽いわよ。わたしと違ってね」

こんなこと言うつもりじゃなかったのに、『ナチュラルに重い』と言われたのをつい引きずってしまった。

「もう、仕返ししないで」

わたしが刺々しい一言を言っても、未散は柔らかく受け止めてくれる。立ち上がって顔を合わせて、ふふっ、と小さく笑った。

仲直りが済んで、ようやく半分だけ普段通りに戻れた。

残りの半分を消化するために、わたしたちの姿は空き教室にあった。

その日の授業はすべて終わり、日が暮れようとしている。でもまだ家に帰るわけにはいかない。たとえ特売のお醤油を狙《ねら》っていて、帰り道に食品雑貨店に寄る用事があるとしても、後回しにしないといけない。

「…………」

内緒話をするつもりだったのに、未散は話し始めてくれない。こっちは何を聞かされても助けるつもりでいるのに。

「ほら、落ち着いて」

椅子を横並びに寄せて、隣り合って座る。

わたしの方から身体を寄せていく。もっと緊張すると思っていたのに、意外なほど素直に身体は動いた。重いと言われてやぶれかぶれになっていたからかもしれない。未散の方からもおそるおそる体重を預け返してくれた。

「こういうところが重いって言われるのかしら……?」

「もう、許してよ。傷つけるつもりはなかったの。……ああいうところ、綾香には見せたくなかったから」

「ああいうところ?」

「隠れてこっそり相談? みたいなの」

仲良しグループの裏舞台。根回しといえば聞こえはいいけど、陰湿といえば陰湿だろう。

「見たくないわね」

一回や二回のレアイベントならまだしも、毎回繰り返されたらたまったものではない。

「それで、あの取り乱しようはどういうこと？　未散もそうだし、深安さんもだいぶ興奮してたみたいだけど」

再び未散の口が重くなる。

だけど今度は、黙り込んだりしない。

「綾香……」

小さなこぶしを白くなるまで握りしめて、

「私は、どうしたらいいの……？」

震える声で未散は問うた。

声はかつてなく弱々しく響いた。

「大丈夫、きっと仲直りできるわ」

「そうじゃない。そうじゃないの……」

未散は弾かれたように身体を離した。どうしたの、と戸惑うより先に見つけてしまう。未散の瞳が切実に揺れている。

「このままだと綾香が……」

「わたしが？」

未散は、はっとなって口元を押さえた。

つい口が滑ったと顔に書いてあるかのようだった。

「言えない？」

「………」

気まずい、沈黙。

隠し事はされていい気分じゃなければ、隠し事をしていると打ち明けられるのはもっといい気分じゃない。

それでもいいと思った。優花のときと同じだ。未散が話すべきではないと思うなら、わたしの耳に入れない方がいいと思うなら、その判断を信じる。それだけの信頼関係があると思うから。

「話したくなかったら無理に聞かないけど」

「そうじゃないの！」

突き放したつもりはなかったけど、未散は置いていかれた子供のような反応を見せた。

その大きな瞳に映るものにわたしは見覚えがある。毎朝毎夕、鏡の中にあるものとよく似ていた。

つまり、未散もわたしも怖がっていたのだ。

打ち明けて、軽蔑《けいべつ》されるのが怖い。未散がわたしを恐れるようになるのが怖い。

そんなことあるわけないのに、それでも恐怖はぬぐえない。たぶんわたしは口で言うほど未散を信用していないのだ。未散に限らず、世の中の何もかもを信じられない。『弱くなったね、綾ちゃん。おめでとう』優花が指摘した人間らしい弱さとは別の、もっと卑劣な弱さだ。人がましい温かみのない、魔女のような酷薄な打算が他者を信じるという高潔な行為を拒む。キスをして、でも言葉で気持ちを確かめたわけではなくて、ふしだらで……。

未散に悪いことをしていると思った。

違う。

そんなもっともらしい理由ではない。

もっと自分勝手な理由だった。つまり、わたしの気が済まなかったんだ。

外の世界に失望し、何も望まないことで心を守っていたわたしは、弱々しい生き物だった。

今は違う。もっといい明日を望む。もっと理想の自分に近づくことを求める。もっとこの人に好かれたい。

そう、今こそわたしは自分の気持ちにちゃんと向き合う。

未散が好き。

好きだから、関係をはっきりさせないと気が済まない。はっきり言ってエゴだ。だけど、勇気をもってエゴを主張しよう。

そのための第一歩として、

「ねえ、未散」

まずは隠し事を減らすところから。

「この世界は繰り返してるって、知ってる？」

「…………」

返事は待たない。

わたしが話したいから話す。

「みんな忘れちゃうけど、一日って一日だけじゃないのよ。何回も何回も、飽きるくらい同じ日を繰り返して、そのうち勝手に翌日になるの。で、繰り返しの中の一日だけの出来事が『翌日』、……ええっと、カレンダーでの翌日に引き継がれるのよ。で、みんなはその日以外の出来事は忘れちゃう。わたしはその日が『採用』される、なんて言い方をしてるわ」

未散は正面からじっとわたしの顔を見た。

まるで真意を探ろうとしているかのように。

そして首をゆっくりと俯《うつむ》き気味にして、わたしの胸に頭を預けるようなかたちで押しつけてきた。

「綾香だけが憶えてるってこと？」

「そう。わたしは忘れない。どんなことでも、一度見たり聞いたりしたことは忘れない。生まれつきそういう体質なの」

告げながらぼんやりと思った。

あと何回わたしは傷口を未散に晒さないといけないんだろう。

「だから未散が何を隠してるか、わたし知ってるのよ。あなたの口から直接聞いたから」

そう思ったらつい、嘘をついていた。

「じゃあ、話さなくてもいい……？」

籠《こ》もった声で、腕の中の未散が訊く。落ち込んだ子供のように自信なさそうにして。

「ううん、もう一度、あなたの口から聞きたい。今日、この場で。どの一日が『採用』されても、明日に続くように」

だけど未散は、こんなときにもわたしを驚かせてくれる。

驚かせて、新鮮な気持ちにしてくれる。

「綾香、今日は一回目？　ううん、この展開は初めてなんじゃない？」

出会ってから今日までで、未散は一番鋭かった。

「右手のこわばり、解けてないよ。……嘘だよね、私が話したって」

次に顔を上げた未散は、もう無力な子供ではなかった。

目と目がはっきり合う。瞳は澄んでいて、この世のものとは思えないほど綺麗《きれい》だった。

年相応の少女の姿と声音《こわね》そのままに、どこか超然とした雰囲気を身にまとっている。

「ごめん、綾香。私も綾香に言わなきゃいけないことがある」

その雰囲気が連想させるものは一つしかない。

――魔法使い。

「綾香が教えてくれたそれ、私知ってたんだ。ずっと知らないふりをしてた」

さほど驚きはなかった。

「いつから……」

「十月五日」

未散はぴたりと言い切った。

十月五日はわたしにとって、印象深い一日だった。

何もかもが例外的だった。

一日中不安でしょうがなくて、不思議なことに繰り返しのなかった、一日だけの日。

原因もわからなくて、結果だけがそこにあって、でもそれで何か困ったことがあったかというと、そんなこともなくて。

「魔法使いだから？」

「うん、あの日私は魔法使いになったから」

未散ははっきり言った。

「全部思い出した。私はちょっと先の未来から魔法で時間を移動して、綾香に出会った日からやり直してる。それも一回や二回じゃなくて、何回も戻って、何周も繰り返してる」

「憶えてないの？」

「綾香と違って、私は忘れちゃうから」

肩から力を抜いて未散は小さく舌を出した。

「だからこの時間も初めてじゃなくて、なんとなくだけど憶えてる。この先どうなるか、知ってるの」

未来の記憶があるから。

「だから最近様子がおかしかったのね」

「変だった？」

わたしは一つ頷いて答えにした。

「どんな風に？」

気づいてないのか、未散は素朴な調子で訊いてくる。まっすぐな視線で、はぐらかす気にもなれずについ、

「距離感がおかしかったわ。親密すぎるっていうか、やたら触ろうとしてきたり……」

答え方が直接的になってしまった。自分が何を言ってるか自覚して声が尻すぼみになる。

文化祭以来、未散はかなり過剰にスキンシップを求めてきた。思い出して赤面してしまうくらいに。

「ごめん。未来では今よりもその、綾香と仲がよかったから……。もしかして嫌だった？」

「い、嫌じゃない、けど……、その、時と場所は選んで欲しいっていうか……」

何を言っているんだろう、わたしは。

体温が上がっていくのを感じる。息が乱れそうになって、変な汗が背中を伝う。

それに今よりももっと仲良しってなんだ……？　考え始めると止まらなくなりそうだった。

一度だけ深呼吸をして話を本題に戻す。

「ねえ、この先、どうなるの？」

「………」

この先――、その一言で未散の表情が曇る。

何がわたしたちを待っているのか、具体的には想像もつかないけど漠然と推測することはできる。未散と深安さんが密談まがいのことをしていたことを考えると、

「深安さんにも関係してるのね？」

「うん」

そうしていよいよ未散は教えてくれる。

「……『前回』も、私たちはいつも一緒にいた。いろんなトラブルを解決したんだ……。高校一年の文化祭の後から、しばらくの間、綾香と二人でいろんな人の『呪《のろ》い』を解いてきた」

「呪い？」

「そう。他の人にはわからない、ふしぎな力」

「ものを忘れなかったり？」

「それは才能だと思うけど、うん、まぁ、そういう感じのがいろんな人に現れるようになっ

た」

「深安さんも？　っていうか、呪いってつまり超能力でしょう？　実在するの？」

「綾香がそれ言う？　綾香の記憶力もじゅうぶん超能力だと思うんだけど」

未散は呆《あき》れ混じりに苦笑した。

「まぁ……そうかも。水を差してごめん」

一つ頷いて未散はこの時間とは別の時間での体験を思い起こす。

「いろんな『呪い』が引き起こした事件とか、悩みとか、解決するために私たちはいつも一所懸命だった」

「今回も同じことをするのはダメなのよね、たぶんその言い方だと」

愚問だった。もし問題ないなら未散は繰り返していない。

「うん。私は綾香を、……」

言葉が途切れ、未散が言い淀む。言葉を探しているようで、その実そうではない。ただ単に躊躇っていただけで、未散は絞り出すように言った。

「失ってしまった……っ」

なんだそれは。

彼女のたった一言で全身が氷になったような気分だった。

わたしは忘れないだけの人間だ。『呪い』に関《かか》わったとしても、命を取ったり取られたりするようなことに巻き込まれるとは思えないし、危ないことがあっても異なる『今日』を使って回避することができる。他の人よりちょっとくらいはしぶといはずだ。

だけど彼女は言っている。

「失った?」

「うん。だからわたしは時間を遡《さかのぼ》って――」

「ちょっと! ……ちょっと待って」

わたしは慌てて未散が続けようとした話を遮《さえぎ》った。

一番大事なところを聞けてない。

「どうして、その、離れ離れになっちゃうの? ずっとそばにいるわ」

さらりと口から出た言葉は、ひどくわたしを赤面させた。勝手にキスするわ、重すぎるわ、この女めちゃくちゃやりおる……。

「…………」

未散は泣きそうな顔を向けてきた。嫌なことを思い出させてしまったのかもしれない。

「言いたくない?」

「ううん、大事なことだから、言わなきゃいけない……。『呪い』を解き続けて、とある『呪い』を解こうとしていたとき、ある人が現れて綾香を連れていってしまった……」

「ある人?」

警察とか、何かの犯罪に巻き込まれたとか、一瞬のうちに様々な可能性が脳裏《のうり》をよぎる。記憶力とか魔法とか、わたしたちが持っているものがどこかの権力者の目に留まってしまった可能性を考えていく。

けれど未散の言葉はそれら想像のすべてを軽々と飛び越えた。

「綾香だよ」

「え……？」

「綾香と同じ見た目をした人がもう一人現れて、私の隣にいた綾香は連れていかれちゃった」

「どういうこと？」

わけがわからない。もっと詳しく聞きたくて、わたしはうるんだ彼女の瞳に問いかけた。

「たぶんだけど、アレは他の時間軸の綾香だと思う」

「ほかの時間軸？」

わたしは訊いた。訊くしかなかった。

少し考え込んで、未散は口を開く。十一月の日は短くて室内はもうだいぶ暗くなっていた。

「ちゃんと説明するのは難しいんだけど、綾香が複数の『今日』を過ごせるのってどうしてだと思う？」

ここで未散は原点に立ち返った。

わたしはいたって素朴に答えた。

「今日が何回もあるから」

「あってるけど」

小さく苦笑する。

「そうじゃなくて、『今日が繰り返されていて』、『綾香に完全記憶能力がある』から、でしょ」

完全記憶能力、と未散は言った。

忘れえぬ呪い、ではなく。

「組み合わせ、……ね」

「そう。一個だけだと無害な呪いでも、ほかの何かと組み合わさるととんでもないことが起きる」

呪いと、世界の繰り返しとか。

呪いと、呪いとか。

ふと、魔法と呪いを組み合わせたとき、何が起きるだろうかと考えた。想像もつかないような、すぐにわかりそうな、相反した二つの予感が同居していた。

「とんでもないことって、同じ場所に同じ人間が二人いる、みたいな?」

「そう。それで、綾香はいなくなってしまった」

離れ離れになってしまって、未散は過去に跳んだ。何度繰り返したのか、彼女は憶えていない。わたしが形をよく知っているその手で、何度も繰り返しを選んできたのだと思うと胸が締めつけられた。

　繰り返しはつらい。悲劇ならなおさらだ。気持ちは痛いほどわかった。

「だから、今回は他人の呪いに関わるのはよくないと思う」

　だから裏に手を回して解決しようとした。

　深安さんに頼まれて合同練習会で助っ人を演じた。この時点でもう半分首を突っ込んでいるけど、これ以上わたしを関わらせたくなくて、未散は深安さんと裏交渉しようとした。

　起こったこととその過程を想像すると未散が恐れる気持ちはわかる。

　だけどちょっと変だ。

　未散が話してくれた内容に嘘や過誤があるとは思わないけど、何かが足りていない、そんな気がする。

「それをわたしが憶えてないのは……？」

　すでに起こった出来事ならわたしは憶えているはず。

「たぶん、ここにいる綾香にとってはまだ経験してない未来の出来事だから。タイムリープ魔法は客観的な時間を戻す魔法じゃなくて、主観的に過去に飛ぶ魔法だから」

　腑《ふ》に落ちた。もし魔法使いでなければ、未散という少女は『客観的』なんて言葉を使わないだろうから。

「そもそも客観的な時間なんてものはないけどね」とか、わたしの知る未散は言わない。

未散の魔法で過去に移動したのは未散本人だけ。

ああ、そうか。そういうことなんだ。

——一個だけだと無害な呪いでも、ほかの何かと組み合わさるととんでもないことが起きる。

たとえば、絶対の記憶力が取りこぼすような異常事態が起こる。

「わたしをタイムリープさせることはできる?」

「あはは、……したくないなぁ」

できる、と彼女は言った。

「けちなこと言わないで」

「違うよ。綾香にこれ以上背負わせたくないから」

真心だった。

彼女は遠くを見ていた。

切なげで、後悔が滲《にじ》んでいて、離れ離れになってしまったことに胸を痛めてくれていて、こんなわたしに価値を認めてくれていた。

そんな顔をさせたまま、放っておくなんてできなかった。

「一緒にいるわ」

わたしは未散の手を取る。ここにいると言葉以外でも主張するために。

「何が起きても。……だから」

「だから？」

言葉が続かない。

何を言っても言葉が足りなくなってしまいそうで、どんな言い方をしてももっといい言い回しがありそうで、握った手を自分の方に寄せることでしかこの気持ちを伝えることができない。

「うう……、その、未散はわたしが一緒だと、……心細い？」

「そんな言い方されたら……、ほんと綾香はずるいなぁ」

涙ぐみつつも笑顔を浮かべて、未散は小さく首を振って、もう一度わたしの胸に頭を預けた。

右手で未散のさらさらの髪を撫《な》でながら、左腕をそっと背中に回す。胸の鼓動を聞かれてもいい。

しばらく、本音を言えばいつまでもそうしていたいけど、しばらくだけ、そうしていた。時間は無常で、まばたきするたびに教室は暗くなっていった。

彼女がここにいて、わたしもここにいる。他には何もいらない。

何もいらないのに、この時間を守るためには何か行動しないといけない。

「ねえ、未散。わたし深安さんの問題に手を出すわ」

「話聞いてた？」

未散は小さく笑った。

「関わって生きていくって決めたの。諦めるのはやめるって。魔女はやめて、人の中で生きていくって決めたの。もしわたしがわたしを連れていくっていうなら、追い返してやるわ。だってわたしの居場所はここなんだから」

あの春の出会いがわたしを変えてくれた。

仮面の下に臆病《おくびょう》さを隠して、世間への無関心を盾にして、したいようにばかり振る舞うわたしはわがままだった。そんな幸せな幼少期はもう終わった。

未散の隣でなら、どこまでも強くあれる。

「しょうがないなぁ」

彼女がそう言ってくれるから。

「じゃあ教える。『前回』、一度経験したことだから」

未散はもったいつけずに一気に核心まで踏み込んだ。

「なつめちゃんのは人の心を読む呪いだよ」

「人の心を読む？　超能力者じゃない」

「綾香もじゅうぶん超能力者だと思うけど」

ただ忘れないだけの超能力。

「たしか、前回の綾香は『賢《かしこ》いハンス』って言ってたよ。詳しい意味は忘れちゃったけど、馬……？　馬が計算するみたいな話」

「〝ベルリンの素晴らしい馬〟ね」

一九〇四年九月四日、ニューヨークタイムズ紙にて、一頭の牡馬《おうま》が紹介された。その馬は飼い主が計算式の書かれたカードを見せると、蹄《ひづめ》で地面を叩《たた》く回数で見事に式を解いて見せたのだという。正答率は九割超。事実であれば、ハンスなるその馬が数字の意味に加えて、『＋』や『－』といった記号の意味を理解し、さらに計算を行うことができたことになる。

ハンスは注目され、そして疑われた。学者たちは入念な検証を行い、『賢いハンス』を一度は認める。しかし名声は長続きしなかった。

最終的な結論は、ハンスに計算能力はない。

ハンスは超能力――直感で九割を超える正答率を出していた。その牡馬は飼い主の微妙な表情や緊張状態を読み取ることで、蹄を叩くのをやめる判断材料にしていた。

カードは『2＋3』、蹄を叩く、叩く、叩く、飼い主はまだ緊張している。叩く、叩く、飼い主の緊張がほどけた。叩くのをやめる。

飼い主の心を読んでいたのである。

だから飼い主がカードを確認せずに見せるようにすると、正答率は一割を下回った。

『前回』のわたしは深安さんをかなり観察したようだ。そして気づいた。彼女が他人の観察を通じて、つまり表情や、しぐさ、まばたき、声音、あらゆる情報を総合的に組み立てて、無意識のうちに音声に変換して幻聴しているのだ、と。

「深安さんは声音とか表情筋を読み取ってるってこと？」

「最初は、ね」

未散は声のトーンを落として語った。

「世界の綻《ほころ》びみたいなものだから、だんだん大きくなったり形が変わったりするの。なつめちゃんは今、聞きたくもない声が聞こえてるはず」

初めは科学で説明できていた現象が、誰にも気づかれぬうちに本物の呪いに化けている。人の顔を見て考えを読み取っていただけのはずが、顔を見なくても心の声が聞こえるようになり、その次は姿を見なくとも、離れていても、眠っていても、際限なく能力が拡大していく。

ついさっき未散を受け止めたときのことを思い出した。深安さんと目と目が合った瞬間に、心と心の境目が失われ、彼女の記憶が流れ込んできた。あれこそが呪いの拡大なのだ。

まるで病原体のように呪いは広がる。

放っておくだけで持ち主を蝕《むしば》み、やがては周囲を侵食するようになる。

「それで、前回はどうやって収拾をつけたの？」

わたしが問うと、未散はけろりと言った。

「綾香の記憶力が勝った」

「なんですって？」

勝った、とはかなり剣呑《けんのん》な言葉が出てきた。

「えっと……、ちょっとややこしいんだけど、なつめちゃんが綾香の心を読みたくなるように演技して、心を読んできたところで記憶力を別の出来事を思い出し続けた。……って前の綾香は言ってた」

「よくわからないわ。そうすると何が起こるの？」

「なつめちゃんが心を読む呪いが消えてると思い込むようになる……らしい」

「思い込ませて、そんなことで能力が消えるの？」

「そこまでできれば魔法で消せる」

最後だけ、未散は明快だった。さすが、未来人の魔法使い。

やるべきことが決まった。

十一月一日C、とうとうわたしは自身の記憶力と世界の秘密について、大切な人に告白することができた。代わりに狙っていたお醤油は売り切れで買えなかった。

三城さんと佐崎さんの二人組とモメたのは六回中二回。でも採用されたのはこのモメた日だった。喜んでいいのか、悲しんでいいのか、わけがわからなかった。

十一月二日E

翌日、深安さんは学校に来なかった。どの『一日』も同じだった。原因が前日にあるのは明らかだった。

未散のスマホのメッセージアプリにも、既読が付くだけで返信はない。

会えなきゃ解決のしようもなかった。

十一月三日A

この日もやっぱり深安さんは教室に現れなかった。この分だと今日を何度繰り返しても深安さんは登校しないだろう。偶然と必然なら、必然ってことだ。

このまま彼女がいなくなったら、そう思うと後味が悪かった。わたしを受け入れてくれた日常はあっけなく壊れてしまった。いや、まだ間に合うはずだ。まだ取り戻せるはずだ。

諦めきれないけれど、でも、何をどうしたらいいのかわからない。経験値不足のわたしのみならず、未散も同じように打てる手がなく落ち込むばかりだった。

夕飯の席にいつも通りやってきていた従姉《いとこ》は、この異変を見落とさなかった。

「綾ちゃん……？」

「…………ん？」

テーブルの向こうの定位置で優花は訝《いぶか》し気に眉《まゆ》の形を変えていた。

今日の夕飯は鮭《さけ》ときのこのホイル焼き。食べ終えた食器を片付けた上に、優花はルイボスティを淹れてくれた。

「上の空だよ。……はっ、さては」

優花は向かいの席からわたしの隣に座り直して、

「ちょっと、何すんの」

手を伸ばしておでこやら首筋やら触ってきた。

「熱はない、ね」

「そんな頻繁に風邪なんかひかない」

というかもし本当に風邪ひいてたらうつしてしまうから隣に来るな。二人で倒れたら誰が看病するんだ。

食後のデザートにはマフィン。しっとりした生地に、角切りりんごと砕いた胡桃《くるみ》がいいアクセントになっていて、さっぱりしていて美味しい。今度わたしも作ってみようと思った。

至れり尽くせりで満たされていることこの上ないのに、気分だけがどこか晴れない。

訊いて解決するとは思わないけど、開き直るような気分で目の前の人生の先輩に訊いてみることにした。

「あんた学校に行きたくないって思ったことある？」

「ないね」

即答だった。

「あんなに楽しいところはないよ。義務も責任もないし、行けば友達に会える。全部の時間を自分のために使える。あの頃に戻りたい。今の財力で戻りたい」

社会人になって数年も経《た》たないはずの従姉は、疲れたおばさんみたいなことを言っていた。

「あるでしょ……。成績とか、校則とか」

「どんなに成績が悪くても、何回校則を破っても、学校追い出されるだけでしょ」

それって結構大事《おおごと》だと思うんだけど、優花の意見は違った。

「どんな失敗をしちゃっても、自分一人が罰《ばつ》を受けるだけで済ませてもらえるんだよ。責任を取らせてもらえない、ともいうけどね。綾ちゃんも、今のうちにいっぱい失敗しておくといいよ」

この女、めちゃくちゃ言いよる……。でも一理ある……、のか？　正しいのかそうでないのか、わたしにはわからなかった。わからないままの方が幸せそうだとも思った。

「綾ちゃんは学校行きたくないの？」

「もし行きたくないって言ったら？」

質問に質問で返して悪いけど、優花がどう反応するか気になった。

「別にいいんじゃない？　学校に行かなくても死ぬわけじゃないんだし」

優花は心底気楽そうに言った。

かつてのわたしにとって学校とは牢獄にも等しかった。校則は不必要なまでに厳しく、同じ授業を平均五回も受けさせられ、硬直化した制度に縛られてしたい勉強一つできない。おまけに誰とも話が合わない。耐えるだけの時間だった。

でも今は違う。

「学校に行きたくないわけじゃないのよ。……ううん、楽しいわよ」

友達に会えるから。たったそれだけの理由で、学校生活が楽しくてしょうがない。長期休みには次の登校が待ち遠しくなるくらいだ。こんなこと人に知られたら笑われるに違いない。

「綾ちゃんがそんな風に思うようになるなんて、お姉ちゃん感動……」

人をバカにしすぎだと言いたかったけど、ぐっとこらえて、

「そのね、学校楽しいのはいいんだけど、最近友達が来なくなっちゃって」

肝心の相談をわたしは口にした。

タイムリープに、心を読む呪い。いくら優花の順応性が高くて、しかも信頼できる相手とはいえ、そのまま伝えて相談するわけにはいかない。

「わたしにはわからないのよ、何をしたらいいのか、どうすれば元に戻れるのか」

どうすれば日常を取り戻せるのか、誰でもいいからわたしに教えてほしい。

「綾ちゃんはどうしたいの？」

「………先週までと、同じような毎日が戻ってくればいいと思ってるわ。ねえ、何をしたら彼女は戻ってこられるのかしら……」

常に変化を望み続けたわたしがこれを望む皮肉に、内心笑ってしまった。

繰り返される日々に疲れ、なんでもいいからと新鮮な景色ばかり望んでいたのに、いつの間にか先週と同じ安穏がずっと続けばいいなんて真逆のことを思っている。

「違うかな。その考え方は」

優花は穏やかに言った。

まったく年下の親戚の子を諭《さと》す口調そのものだった。いつもこんな感じなら面倒がなくていいのに。

「そのお友達にどうなって欲しいの？　ってことじゃなくて、綾ちゃんがどうしたいの？　ってことを考えなきゃいけないって、あたしは思うよ」

「どう違うの？」

「自分が望んだように相手を変えるのは難しいってこと」

その一言はしばらくの間、わたしの胸の内で反響し続けた。その日、話題が別のことに移っても、優花が帰った後も、眠りに着く直前まで常に頭の片隅にあった。

人は人を変えられない。

選べるのは、外部に対して自分が何をするか、外部から受け取ったものをどう感じるか、それだけなのだ。もし他人を変えたいと願うなら、自分自身を壊す覚悟でぶつかっていくしかない。

残りの十一月三日の時間を使ってわたしはそればかりを考え続けた。

十一月四日A

三日連続だった。

こうなればもう『今日』学校で深安さんと話をすることは期待できない。

相変わらずスマホのメッセージアプリにも返信はない。

それにしても深安さんらしくない気がする。別に逃げることは悪ではないし、時と場合によっては唯一の手段にもなる。それでも深安さんらしくはない。彼女は気に入らないことがあるなら逃げるより戦うことを選ぶ人間だと思う。

「どうしよう……」

昼休み、未散の箸《はし》は進まない。一緒に昼食をとっていても、ずっと浮かない表情だった。

わたしたちはまた空き教室に隠れて内緒話をしていた。

「前のときはこんな展開じゃなかった……」

未散はタイムリープする前の時間について話していた。

「どんな感じだったの?」

「もちろん、かんたんじゃなかったよ」

言いにくそうにはしなかった。無事に解決したからだろう。

「手遅れのところから、綾香と一緒に中間考査の後までタイムリープして、なつめちゃんの呪いを解いたんだけど。でも……」

未散はちょっと間を置く。

「呪いを解くまで一か月かかっちゃって、その間になつめちゃんの呪いは拡大していって、手遅れまで紙一重のところまでいってようやく解呪できた」

「ちょっと待って。手遅れってどういうこと？」

「そのままの意味だよ。能力が強くなって、最後はその、言いにくいんだけど、能力に飲み込まれちゃう」

「それ、わたしも？」

「綾香のは、ちょっと特別だから。最初から完成されてたし」

生まれたときからずっと、記憶力が変わったことはない。よくもならないし悪くもならなかった。いや、これ以上よくなったらどうなるんだって話だけど。

完全で無欠。経験した過去なら、どれだけ古い出来事であってもどんな些細《ささい》なディテールであっても、今目の前にあるものと同じレベルの精密さで思い出せるのがわたしの記憶力だ。頭をぶつけて目を回していたとか、風邪をひいてぼうっとしていたとか、一時的に認識能力が落ちていれば、どれだけ意識レベルが下がっていたか、そこまで完璧に思い出せる。

それこそ、この世界が歴史に残すことを拒んだ試し書きの『一日』であっても例外ではない。

だから知っている。見慣れない現象にどう対応したらいいのか、とか。

「何か大きく行動を変えなかった？」

繰り返し時間での基本的な考え方、とか。

未散は意外なものを見た、と表情だけで語って、

「ねえ、綾香、ちょっと頼もしすぎない？」

少し拗ねたみたいに唇を尖《とが》らせた。不謹慎ながらドキドキしてしまう。タイムリープで繰り返しているはずの彼女が狼狽《うろた》えて、主観的には一回目のわたしの方が落ち着いているからかもしれない。

「慣れてるから。前の時間のわたしは爪《つめ》を隠してたのかしら」

何せ生まれたときから同じ日を繰り返しているのだ。

繰り返しの中で珍しい現象が発生したなら、近くに必ず原因があるはず。偶然とは本当の意味で偶然起きたりしない。何が原因になっているかわからないから偶然と呼ぶだけで、もしこの世で発生する何もかもを正確に測れるだけの知性があれば、そいつにとってこの世界は茶番この上ないドミノ倒しにすぎないだろう。

「そうかも。甘え上手だから、わからないふりしてたのかも」

「わたし、そんな嫌な女？」

「可愛いと思うけど」

しれっと爆弾投下する未散さん。

これを言われるとわたしの頭は突沸《とっぷつ》してまともに働かなくなる。誰に可愛いと言われてもそんなに気にしないけど、未散に言われるときだけは理性が恥ずかしがって逃げ出してしまう。

「もう、話を戻して」

顔が熱い。

「行動を変えたか、だよね。変えた。……変えたよ。『前回』みたいに綾香を失うのだけは嫌だったから」

「何が起きてもここにいるわ」

つい口を衝いた赤面ものの言葉を、けれども未散はまったく動揺せず受け止めてくれる。

「うん、綾香ならそう言ってくれるよね。それでも、『前回』やったのと同じように二人でいろんな呪いを解いて回るのだけはダメだと思った」

同じ過程からは、同じ結果しか生じない。

異なる結果が生じたなら、それこそ呪いの発現だ。

「だから一人で解決しようとしたのね？　魔法使いのくせに、人間のやり方で」

「うん。失敗しちゃった」

わたしを問題から遠ざけておくために、未散は一人で深安さんと向き合った。それが十一月一日の放課後に起きたことだった。

「ねえ、未散。わたし、あなたを信じるわ。だから、あなたもわたしを信じて」

なら、あとはこの魔女が引き受けよう。

やめると決めた魔女だけど、もう一度だけその役をやろう。未散に悲しい顔をさせるくらいならその方がずっといい。


放課後、わたしたちは二年生の教室の前にあった。廊下の端っこで未散と二人並んで、いわゆる〝出待ち〟のかたちだ。

教室を出てくる生徒たちが、リボンの色が違う一年生二人組を、物珍しそうにじろじろ眺める。

学校内での一学年違いはかなり大きな意味を持つ。それが部活動なら絶対的な立場の差と言ってもいい。年齢で言ったら一つしか違わないのにどうしてそうなるのか、わたしにはわからなかった。この世に生まれたタイミングが最長で七三〇日、最短で一日違うだけ。宇宙的な時間スケールで見たら誤差のようなものだ。

でも現実として、一学年違うと室内を覗《のぞ》くのも気安くはできない。

「なんか、すっごく見られてない？」

「未散が可愛いからじゃない？」

「そういうのはいい」

未散はそっけなかった。

怒られてしまったと思って反省したけど、ちょっと間を置いてから横顔を盗み見ると、ほのかに耳の上を赤くしていた。いいものを見た。

頰《ほお》がほころびそうになるのを抑えていた、そのときだった。

「相沢さんじゃん。土曜日はありがとね～」

横から呼ばれて、声の方を向くと隣の教室から女子生徒が顔を出していた。演劇部の、照明担当の人だった。

「シロンちゃんに用？　呼んであげるよ～」

返事も待たず教室内に声をかけ、颯爽《さっそう》と去ってしまう。わたしは背中にお礼を言うしかない。

「ありがとうございます」

今週の演劇部はお休みみたいだった。文化祭から中間考査をはさんで合同練習会、忙しい時期が続いてきてようやく一段落だ。赤点を大量発生させて活動停止ではないと信じたい。

シロン先輩を訪ねたのは、まずは違和感を消すためだった。

しばらくすると松葉杖を片手に、シロン先輩が教室の出入り口から顔を出した。そして人の顔を見るなり、

「おっ、綾香ちゃん、入部届？　いいよ。二人で一枚で。入部届の用紙にしてくれよ～。婚姻届はうちにくれてもしょうがないからな～」

開口一番でかましてくれた。

どうしてわたしの周りの年上は変なやつしかいないんだろう。

「シロン先輩、ちょっとお話いいですか？」

「なに？　足怪我してる人に立ち話させる気～？」

「じゃあ、先輩の教室で机《つくえ》と椅子《いす》をお借りして話しましょう。お話しする内容は変わりませんが」

シロン先輩の動きがぴたりと止まった。未散もわたしを振り返った。あまりに声が冷たかったからだろう。

一種のかまかけだったけど、その反応でだいぶ的を絞れた。

「演劇部の部室、今日は誰もいないからそこで話を聞こう」

やけにてきぱきと松葉杖を操《あやつ》って歩くシロン先輩の後に続いた。

放課後の校内にいる生徒はみんな生き生きとしていた。考査明けのリフレッシュされた活気で満ちていて、そこに逆行するように三人組が歩く。

演劇部の部室は特別教室棟の二階だった。

「土曜日はありがとね～。ほんと助かっちゃった」

「ご満足いただけましたか」

シロン先輩は出入り口近くの椅子にどっかり腰かけて、松葉杖をぞんざいに立てかけた。

「いんや、全然。不満だね。欠点が直ってない！」

こだわり派のシロン先輩らしく、歯に衣着せぬ物言いだった。

「でもまぁ、最終幕のかぐや姫の昇天のところ。あそこだけはよかったよ。『わたしを信じて』か。うん、よかった。ぞくぞくしたね」

わたしが舞台上から未散に語りかけたシーンだ。演劇部のためでも、観客のためでもなく、未散のためだけに発したセリフだった。

鼻歌でも始めそうなくらい、シロン先輩はご満悦だった。

「さーて？　綾香ちゃんのお話を聞かせてもらおうか」

椅子の上でシロン先輩は座り直しながら、折った右足を上にして脚を組んだ。わたしが違和感を覚えたギプスがゆらゆらと上下する。

「そんなに長い話じゃないです」

未散は完全に静観の構えだった。わたしのやり方を見守ってくれている。

「その足、いつ怪我したんでしたっけ？」

「先週の水曜日だね」

「確かですか？」

「んん？　なんでそんなん気になるの？　水曜の夜だよ。病院のレシート見る？」

「いえ、気になっただけなので」

「変な子だねえ、綾香ちゃんは」

ああ、最悪だ。

タイムリープで解決するつもりなら、あまりにも多くのことを諦めなきゃいけない。未散とお泊まり会をしたことも、ようやく秘密を打ち明けられたことも、全部なかったことにしないといけない。それも奪われるのではなく放り捨てないといけない。偶然採用されず繰り返しの中に消えるのではなく、自分の意志で消さないといけない。

「入部の相談をされてるんだと思ってたけど」

「まさか」

「じゃあ代役の報酬？」

「そんなのはいらないわ」

わたしは脇道に逸れた会話を本筋に戻す。

「足の怪我は水曜日。…………シロン先輩が演劇部を見限ったのも水曜日ですね？」

未散が息を呑んだのが気配でわかった。

シロン先輩は平静を保った。

「…………」

沈黙は長かった。

シロン先輩は感情という感情を顔から消して、だからこそ無表情は雄弁だった。

「なっちゃんといい、綾香ちゃんといい、……そんなにわかりやすかった？」

その問いにわたしは答えない。

答えないけど、あえて胸の内で整理するなら、偶然負った傷に見えなかった。誰かに負わされた傷とも少し違う。ならあとはもう自傷しかない。どうしてかわからないけど、ひどく見慣れた雰囲気の傷に見えた。直感だと思う。莫大な記憶から導かれた無意識の計算結果。

夢の中で自分でつけた傷を山ほど見たから。

「まったく、あんた正気ですか？」

「ちょっと先輩になんて口の利《き》き方するの～？」

やんわり抗議してくるシロン先輩。わたしは頭を抱えたいような気分だった。

深安さんは知ってしまったのだろう。心を読む力で、親友のしたことと、そこに至るまでの葛藤を。強い衝撃を受けたに違いない。余裕だってなくなるだろう。その結果、未散とのいざこざに繋がる。

そうじゃなかったら説明がつかない。あれほど明るかった深安さんが、学校に来なくなってしまうほど打ちのめされるとしたら、大切な何か——信頼が壊されたとしか思えない。

「知ったこっちゃないわね、十六、七の小娘に先輩だとか口の利き方とかいわれてもね」

こっちは七十五の老いぼれよ。たかが一年上の先輩に物怖じするような可愛げはない。

「うちがやったこと咎《とが》めたい気持ちはわからんでもないけどさ、それ確かめて綾香ちゃんはどうしたいの？　巻き込まれてお気の毒さまだけど、うちは謝らんよ？」

開き直ったか、と思ったと同時にチャンスだと思った。深安さんを連れ戻す好機だ。

「あなたに謝ってもらおうとは思わない。でも深安さんには土下座してもらう」

たった一言で、シロン先輩の顔中から余裕という余裕が消え去った。

「なっちゃんは関係ない」

「ある。わたしの気がすまないから。くだらない茶番にこのわたしを巻き込んで、許せることじゃないわ」

渾身《こんしん》のハッタリだ。なけなしの演技力を奮って、椅子に腰かけたシロン先輩を見下す。

「なんで、そうなるのさ」

目を逸らしながらシロン先輩は面白くなさそうに言った。

あの日、深安さんが教室に飛び込んできたときの、切羽詰まった様子を昨日のことと同じ鮮明さで思い出せる。彼女は親友の危機を救うために走ってきた。

必死だっただろう。この魔女の助けを借りるためならなんだってする覚悟だっただろう。王子のために声を捨てた人魚姫のように、学校に来なくなった彼女がこのまま泡のように消えてしまうなんて見過ごすわけにはいかない。

「あなたが最後までがんばらなかったから」

「は？　そんなのうちの勝手でしょ」

「深安さんに謝らせるのもわたしの勝手」

「綾香ちゃん、その挑発は安すぎない？」

わたしはシロン先輩の怒りに火をつけるように軽蔑《けいべつ》をしめす薄笑いを浮かべた。狙い通りシロン先輩はかっとなった。勢いをつけて立ち上がろうとして、バランスを崩す。

転ぶ――反射的に受け止めようと身体が動いた。向こうもわたしを支えにして転倒を避けるつもりだったはずだ。

だけど、気づくとわたしは身を躱《かわ》していた。誰も、意図も予想もしなかったフェイント。緩慢になった時間の中で、シロン先輩の瞳が見開かれ、左足だけで器用にたたらを踏んでかろうじて踏みとどまった。息が荒くなっている。

「綾香っ、やりすぎ――」

未散の言った通り、やりすぎだ。本当は謝りたかった。だけど、

「……何よ、そんなアドリブまでできちゃうわけ？」

シロン先輩がぽつりと言った。ようやく本音を零《こぼ》してくれた。

「演劇の天才ってそんなことまでできちゃうの？　初めて見た脚本二日でカンペキで、本番中に自分だけの演技見つけて、おまけにそんな残酷なアドリブまでできちゃうわけ⁉」

一度堰《せき》を切った言葉は洪水だった。

「うちには演劇しかなかった！　なのに！　夢だったのに！　あんたみたいなやつがどうして

いるんだよ！　ずるいよ……」

涙ながらの訴えだった。弱々しい姿だった。

夢。ずっと諦め続けてきたわたしには眩《まぶ》しすぎる言葉だった。

唐突に中学のときのことを思い出した。絵画を精神的な拠《よ》り所《どころ》としていた同級生は、絶対の記憶力で描かれたものを見て自信喪失してしまった。あのときと同じなんだ。あのときの後悔を清算するチャンスをわたしは得たんだ。

そう思ったら自然に口が動いていた。

「ねえ、シロン先輩、わたしにも夢があるの。聞いてくれる？」

あの日わたしは、去っていく友達だった人の背中を見送ることしかできなかった。

今は違う。諦めない。どうせ伝わらないだなんて思わない。

わたしは俯《うつむ》くシロン先輩に語りかけた。

「普通になること、それがわたしの夢なのよ。家に帰ったら両親がいて、その日あったことを話したり悩みを相談したりするの。そんなのが夢なんて、おかしいでしょう？」

「綾香ちゃん……？　なんで、泣いてんの？」

「学校に来れば友達がいて、他愛《たあい》ない話ばかりして、毎日笑って過ごすの」

心の底から明日を楽しみに思いながら生きていくことだ。

未散が気づかわしげな視線を送ってくる。目が合うと、わたしの頬に手を伸ばしてそっとぬぐってくれる。そして指先だけで手を繋いでくれる。彼女と今よりももっと親密になること。それも夢に含まれている。

「それがわたしの夢」

この夢があるかぎり、わたしは自分を幸福だと言い切れる。

この手を繋いでいるかぎり、わたしたちは前に進める。

何が行く手を塞《ふさ》いでいたとしても、撥《は》ねのけて進み続ける。

「だからあなたも諦めないで。……何があっても、夢を諦めないで」

涙が止まらなかった。全身が震え出しそうだった。逃げたくて、俯きたくなった。でも、わたしは揺るがない。繋いだ指先が温かいから。それを意識したら、たったそれだけのことで震えは止まった。前を向くことができた。

「わたしは、──絶対に諦めない！」

全身全霊をかたむけて、わたしは演じる。心と心が繋がってしまったときに垣間《かいま》見た景色の中、彼女が言っていた言葉を思い出しながら台詞にする。二人の積み重ねた時間の中で、いつも彼女は輝いていた。その役の名前はもちろん、『深安なつめ』。

深安さんの言葉ならシロン先輩に届く。響く。

「なんだよ、それは……」

シロン先輩は泣きそうな顔で無理やり口元だけで笑おうとした。

声が震えていて、シロン先輩は一人きりで、可哀そうなくらい激しく震えてしまっていた。

「どんだけ難しい夢なんだよ……。そんなの、難しすぎるだろ。役者の方がよっぽど現実的じゃん」

完全復活した役者の、渾身の演技だった。

まったく、ひどい大根役者だった。

☆

夕暮れで、街は橙《だいだい》の中に沈んでいた。

街を一望できる坂の道。普段は人気の多い道だけど、不思議なことにがらんとしていた。学校から、会社から、買い物から帰る人の姿があるはずだった。

深安さんがどこにいるか、未散とわたしにはわからなかった。相変わらず深安さんから返信はなくて、わたしたちだけだったら途方に暮れるしかなかっただろう。でもシロン先輩にならわかる。たとえ自宅に帰っていなくても、深安さんの最大の理解者であるシロン先輩になら。

「なっちゃん！」

その背中は小さかった。小さくて、不穏だった。拡大した呪い。人の心を読む呪い。成長しきった呪いは、今や人の心を食う呪いに化けていて、深安さん自身を飲み込もうとしていた。

「シロン、なんでここに……。それに稲葉と相沢も」

深安さんは怯《おび》えていた。

「なっちゃん、心配――」

「く、来るな！　来ないでっ」

あまりの剣幕にシロン先輩がたじろぐ。

普段の自信に満ちていた彼女はここにはいない。迷子の子供がいるだけだった。

「わたしに任せて」

未散とシロン先輩が小さく頷いた。

怖くないかといえばもちろん怖い。引き下がるかといったら絶対にありえない。

だって未散が見てくれているから。わたしに任せて見守ってくれている。それだけで恐怖を覆《おお》い隠せるくらいの勇気が湧《わ》いてくる。

「ダメだ、相沢。近づいたら」

一歩、二歩、わたしから逃げるように後ずさりする。

彼女が下がった分だけわたしは前に進む。逃がす気はないし、ましてや見捨てる気もない。

「教えて。どうして怯えてるの？　知ってるわよ。心が読めるんでしょう？　大丈夫、あなたの呪いを解きに来た」

「おかしいんだ。聞こえないんだ。誰の声も、どこからも聞こえてこないんだっ」

心を読む能力に慣れきった深安さんは、突然人の心が聞こえなくなって戸惑っていた。いや、戸惑ったなんて可愛いもんじゃない。恐慌状態に陥《おちい》っていた。

駆け寄ると深安さんは膝《ひざ》から崩れた。

「落ち着いて、深安さん」

目線の高さを合わせて、わたしは深安さんの状態を確かめた。怪我はしてないし、熱もなさそうだった。心だけが異常に昂《たかぶ》っていた。

「これが落ち着いていられる⁉　誰の声も聞こえない。みんないなくなっちまったんだ。みんなあたしが消しちまった」

人の心を読む――。

一見無害な力だけど、人の心という繊細な対象に触れてなんの影響も及《およ》ぼさないなんてことはありえない。ましてや極限まで強まった状態なら、読もうとした相手の心を塗りつぶしてしまうことだってあるだろう。

「もう嫌だ。シロンのバカも、クラスのバカも、ママも、みんな勝手なことばっか言って。もう、嫌なんだよ……」

よろよろと立ち上がりながら、深安さんは背を向けた。弱々しい背中だった。立派だと、頼もしい人だと思っていた同級生は、けれども年相応の少女でしかなかった。

その背中に、

「逃げるな！」

わたしは叫んだ。

逃げても何も変わらない。一番楽な道だけど、その先には何もない。

「文句を言えばいいでしょ」

どんな呪いであれ異能力であるならそれは〝力〟だ。他人の背中を押す勇気にもなれば、崖《がけ》から突き落とす最後の一押しにもなる。

極論、道具にすぎない。包丁《ほうちょう》のように命を養うために使う道具でも、間違った使い方をすれば命を奪う。

それは忘れえぬ呪いも同じ。

力には責任がともなう。

「不満があるなら文句を言えばいい！」

声のかぎり叫んだ。

普段滅多《めった》に発しない大声を要求されて、喉《のど》が焼けたみたいになる。

深安さんは勢いよく振り返り、睨《にら》みつけてくる。その目には怒りが燃えていた。

「無茶言うなッ！　おまえみたいなボッチとは違うんだよ！」

それは彼女の本心だった。ずっと心の最奥に押し込められていた最も正直な気持ちだった。

言いたいことも言わず、やりたいこともやれない。

常に自分を律していないと、人々は彼女を自分勝手なやつと判断する。人望は失われ、度が過ぎれば排斥に繋がる。

「嫌われたらおしまいなんだ。目をつけられたらおしまいなんだ。いつまでも反抗期やってるわけにはいかないんだ」

だから友達が間違っていても見て見ぬふりをする。

自分の意見を押し殺してとりあえず集団に同調する。

親が相手でも、真っ向からぶつかったりしない。

そんなのは、

「知ったことじゃないわ。あなたは間違っている」

逃げようとしている深安さんは間違ってるし、正しいのはわたしだ。

「言うのよ、シロン先輩に！　正しいのは自分の方だって！」

そのわたしが、安易な逃げ方を選んだシロン先輩は間違ってて、傷ついた深安さんが正しいと叫んでいる。

「あのくそ女を罵《ののし》ってきなさい！」

振り向いて、指を差す。

「めちゃくちゃ言いやがって、外野だからそういう無責任なことを言えるんだ！」

「そうよ、外野だもの！　好き勝手野次らせてもらうわ！」

さぁ、読みなさい。

わたしの心を読み取って、そして同調してくればいい。

その苦しみを取り除いてあげるから。

「自己中もいい加減にしろよっ」

「お生憎《あいにく》さま！　わたしは誰よりも周囲を見てるわ。たったの五倍くらいね！」

しまいには声を枯らしながら、深安さんとわたしは互いを罵った。

「根性なし」とわたしが罵れば「陰キャ」と刺すように深安さんは言った。「風見鶏！」と吐き捨てた。「根暗！」深安さんは目をつむって叫んだ。際限なく悪口の応酬が続く。不毛とは思わなかった。溜め込んだ不満をぶつけ合うことこそが、今のわたしたちに必要な通過儀礼だった。挙句の果ては「バカ」とか「アホ」とか小学生でも言わないような罵倒を投げつけ合う。

「ほんと、無理なんだ、あたしには！」

「読みなさいよ、わたしの心。あんたにはそれしかできないんだから！」

わたしはずっと自分を異物だと思って生きてきた。

長い間、ずっと、途方もないほど長い時間を魔女として生きてきた。

人間の心臓は二十億回が製品寿命と言われている。それは人間だけじゃなくて、哺乳類《ほにゅうるい》であるならネズミでもゾウでも、生物種によらず心臓がだいたい二十億回くらい脈動すると寿命を迎える。五日に一度しか明日を迎えないわたしがいつか寿命を迎えるとき、心臓の鼓動は百億を数えるだろう。そういう意味でなら、わたしは哺乳類っぽくはない。

それを自覚した日、周囲の人間がみんな観葉植物に見えた。

他の誰も知らない記憶を持ち、ほとんどの人々が素通りしてしまうような些細な過去を、棺桶に入るまで後生大事に抱え続ける。

人間じゃなかった。

常識も価値観も全然違う。

誰もわたしをわかってくれない。

誰もわたしを見つけてくれない。

誰もがわたしを諦めてしまった。

――だけど、こんなわたしを人間にしてくれた人がいる。

彼女と出会ったから。

彼女がわたしを見つけてくれたから。

彼女だけがわたしの凍《い》てついた心を溶かしてくれたから。

あの出会いを嘘にしないために、わたしは前を向き続ける。何度失敗したって諦めない。この誓いは、弱くてちっぽけなこの自称魔女が七十五年もの耐えるだけの生活の果てに、ようやく手に入れた宝物だ。絶対に手放さない。

それに従姉も言っていたし、ね。

『どんな失敗をしちゃっても、自分一人が罰を受けるだけで済ませてもらえるんだよ。責任を取らせてもらえない、ともいうけどね。綾ちゃんも、今のうちにいっぱい失敗しておくといいよ』ってね。その言葉を信じてみようと思う。

もし失敗したならば、うまくいくまで繰り返すまでのこと。

だから。

「勇気を出して、あなたも」

立ち上がって手を差し出す。

「相沢、たのむ……」

諦めたように頭《かぶり》を振る深安さん。

「見逃してくれよ、…………うるさいんだよ、相沢の心。この世で一番うるさい。リアルみたいにさ、黙っててくれよ。もう、ほんと……」

風が吹いた。

「静かにしてくれよ!!」

深安さんが癇癪《かんしゃく》を起こしたその瞬間、彼女の懊悩《おうのう》のすべてがわたしに流れ込んでくる。長年にわたって積み重ねられた鬱屈《うっくつ》がわたしを押し流そうとする。

《理解のない両親、些細《ささい》な逸脱も許されない教室社交、思い切りのよすぎる幼馴染《おさななじみ》》

心と心がつながり、だけど呪われた能力が侵食してきてわたしの心を塗りつぶそうとする。

暴風が顔面に吹きつけて、内側と外側の両側からかき消そうとしてくる。

心を読む魔女の物語がわたしを上書きして塗りつぶそうとする。

だけど。

「消せると思わないで‼」

わたしはその風に真っ向からあらがう。

わたしの心は消えない。

わたしの気持ちは揺るがない。

塗りつぶされるたびに自分の存在と信念を思い出し続ける。完璧で完全な記憶力だ。世界そのものがなかったことにしようとしても手をつけられない。この世のルールの何よりも優先される。

だって今のわたしの役は魔女だから。

魔女は目的のためならなんだってやる。

「あ……」

癇癪《かんしゃく》を起してわたしの心を消そうとした事実に深安さんは愕然《がくぜん》とした。

「ほら、そうやってシロン先輩に言えばいいのよ。言いたいことを言える関係でしょう?」

「相沢、消えてない。ちゃんと聴こえる……どうして」

「わたしは強いからね」

精一杯の強がりを込めて、わたしは口元に微笑《ほほえ》みを意識した。

深安さんはうん、うんと二度確かめるように頷いて、

「そっか……、そうなんだな。やっぱ相沢はめちゃくちゃだな。うちのクラスの女王さまだ」

目尻に涙を浮かべて小さく微笑み返してきた。

女王さま? なんだそれは……。

☆

あとはシロン先輩にバトンタッチすればいい。深安さんの心からの叫びに、シロン先輩はすっかり圧倒されていた。自分のしたことが間接的に年下の幼馴染を追い詰める手助けになった。その事実に打ちのめされていた。

「なっちゃん」

「シロン……」

深安さんの心の傷を癒《いや》せるのはシロン先輩だけだから。

「行こ?」

未散と並んで坂を下り、二人を残して歩き出す。秋夕の風が冷たくて、だからというわけ

じゃないけど、右手は自然に彼女の指先を求めた。手を繋いだら未散はどう思うだろう。心細かったし、もし深安さんの説得に失敗していたら、その心細ささえ感じなくなったのだと思うと、余計に手を繋ぎたくなった。

そんな内心を察してくれたわけではないだろうけど、未散の左手がわたしの右の小指にかすかに触れた。ちらりと盗み見れば頰に健康的な赤みを湛《たた》えていて、それならと右手をそっと寄せて、小指と小指が絡《あ》み合った。もっと強く、求めようと指を動かしたとき、

「バカ!!」

秋の雲の高さまで届くような罵声だった。

思わず立ち止まって振り返ってしまった。二人そろって同じような動きをして、坂の上の影を見上げた。

「な、なっちゃん……?　なんでなっちゃんがそんな怒るん?」

「大切だからに決まってるだろ!　誰よりも!　おまえは憧《あこが》れで、ずっと憧れてて、おまえみたいになりたくて」

深安さんがシロン先輩に摑《つか》みかからんばかりの勢いで詰め寄っていた。

「だからあんなことして欲しくなかった!　自分をちゃんと大切にして欲しかった!」

心のわだかまりをすべて吐き出して、愚直なまでにまっすぐだった。

「あたしに……、相談して欲しかったんだよ……」

気持ちは、言わないと伝わらない。

ちゃんと伝えないと気持ちはいつまでも胸の中に残り、じわじわと痛みを染み出し続ける。終わりはない。

だから手が届くうちに、手を伸ばさないといけない。

大切な人に想《おも》いを伝える。あまりにも難しいことのように思える。しかし避けた先に待っているのはもっと困難な道。

「なんだよそれ、愛の告白かよ」

シロン先輩は涙声でそのすべて受け止める。

互いの心を抉り合う、それはそれは残酷な芝居だった。でも仕方のないことだ。今の二人に必要な通過儀礼で、乗り越えなきゃいけないことだから。

「ねえ、なっちゃん。うちが何考えてるかわかる？」

「えっ」

「うちがどんな風に思ってるか当ててみて」

「で、でも」

心を読む呪いは成長しきっていて、扱いを間違えれば相手の心を塗りつぶしてしまうかもしれない。消してしまうかもしれない。それでも、

「いいからさ」

シロン先輩は勇気を出して踏み込んだ。

「……うん」

その瞬間、深安さんが見たものをわたしは知らない。

シロン先輩の心の中に何を見出《みいだ》したのか、そこからどんな声を聞き取ったのか、二人がどんな感情を共有したのか、読心能力者ならぬわたしは想像するしかない。

きっととてつもなく気高く、輝かしいものだっただろう。

夢を取り戻したシロン先輩の心の輝き。彼女が幼馴染の少女に見せたいと望んだ心の在り方は、きっと深安さんの胸を打ったはずだ。

だからもう大丈夫。わたしたちはそっとその場を離れる。

「お疲れさま」

夕焼けの帰り道、未散がねぎらってくれる。わたしたちは坂の上に深安さんとシロン先輩を残して歩き始めた。固く手を繋いでゆっくりと坂を下る。

「ほんと、疲れたわ。毎回こんなことしてたの？」

「うん。熱演だったね。二回目だから？」

「今のわたしにとっては初めての経験よ」

未散の方が経験豊富だなんて、まだ違和感しかない。

「綾香、本当にがんばったと思うよ」

「ヒントもらっちゃったから。ヒントっていうか、答えだけど」

深安さんと話している間中、わたしはずっとポジティブな記憶ばかりを思い出すようにしていた。必ず心を読んでくる深安さんの心変わりを誘うために。

暴走した呪いと真っ向から張り合うはめになったのは予定外だったけど。

「綾香は、強いね……」

「……未散が、その、隣にいてくれるからよ」

一仕事終えてテンションが上がってるからだろう。恥ずかしいことだって言えてしまう。

「私は綾香が隣にいてくれてるけど、そんなふうになれないよ」

「………」

「時間を戻して、起こったことを否定して、現実を拒んで、そんなのばっかり」

未散は、それでも自信なさそうに俯いた。今より先の時間から入学式の日にタイムリープすることを選んだ少女は、その選択を後悔こそしていないものの、積極的に肯定もできずにいる。

「大丈夫。わたしも一緒だから」

「えっ？」

未散が驚いた声を上げる。

でもわたしの決意はもう固まっていた。

その気になれば過去を変えることだってできるのに、この結末に満足してシロン先輩が足を折る現実を受け入れる？　……まさか。

「ねえ、未散。今日をなかったことにして」

時間が、一瞬、止まる。立ち止まる。

「タイムリープ、できるでしょう？」

「な、なんで？　できるけど、なんでそんなこと。いいの？」

「いい」

坂の上では幼馴染同士が気持ちを分かち合い、再び絆《きずな》を取り戻していることだろう。

だからこそだ。

この時間でやるべきことはすべてやった。もう先はない。残っているのは後片付けだけだ。

「なかったことにしないといけない。未散もわかってるでしょ」

「………それは、うう、……そうだけどっ」

「深安さんは無関係な人の心を食べてる。それに、自分の母親も」

極限まで呪いを肥大化させた心を読む魔女が、なんの心の声も拾えなかった。その直前、魔女は他者の心に直接触れる魔術を習得している。己の望む心象《イメージ》で上書きすることさえできてしまう。かき消すのはなおたやすい。

「手遅れってこういうことだったのね」

他人の心にも自分と同じような意識体験があるかなんて、誰にもわからないことだ。あるかないか、はっきりしない、この世界のあいまいな部分だ。

自分の見ている空の青や、夕焼けの赤が、他人にとっても同じ色なのか。色や温度といった意識体験のことを『クオリア』と呼ぶ。でも、クオリアは個人個人で違っていて当然。そもそも右目と左目でさえ、視《み》えている景色は微妙に違っているのだ。他人が同じ景色を見ているなんて、どうしてそう思えるだろうか。

多くの世界的な哲学者が考え抜き、議論し、出した結論は『わからない』。

意識体験《クオリア》のない人間を『哲学的ゾンビ』なんて名付けてみたらしいけど、ゾンビが実在するかはわからない。人間を外側から見ただけでは、心があるか否《いな》かなんて絶対にわからない。

だけど絶対的な読心能力者なら、話はまったく別になる。

彼女に能力の限界はないから、読めれば心があるし読めなければ心はない。この時間を続けても深安さんは地獄の続きを行くだけ。自分のしたことには向き合わなきゃいけない。子供でも大人でもそこは同じだ。それが取り返しのつかないことでも、現実という残酷な舞台は待ってくれない。

そんな正論はお断りだ。

取り戻すことができるなら、取り戻してやりたいとわたしは思う。

せめてわたしの手の届く範囲だけでも、助けてあげたいと願う。

「でもっ！」

叩きつけるように未散は言った。

「時間を戻したらやり直しになっちゃうんだよ!」

大きく息を吸って、息を切らしながら、綾香ががんばったのもっ
「なつめちゃんを励《はげ》ましたのもっ、綾香ががんばったのもっ」

全部なかったことになってしまう。お泊まり会も、舞台の上から未散に語りかけたことも、想いが伝わったことも、何もかもなかったことになる。

「時間を戻して、次もうまくいく保証はないんだよ!」

「うまくいくわ。何をどうすればよかったか、わたしはもう知ってるから」

憶えてるから。

絶対に忘れないから。

彼女の苦しみ。

彼女の願い。

心を読む魔女の物語。

そして、魔女になってしまった彼女の罪。

全部わたしが憶えてる。墓まで持っていく。

「大丈夫。もしうまくいかなかったら、うまくいくまで繰り返せばいいわ」

同じことの繰り返しは、わたしが最も嫌うと同時に、最も得意としていることだ。

未散がまっすぐな瞳を向けてくる。そこにあったのは信頼だけだった。瞳の中でわたしは立派に魔女の役をやっていた。繋いだ手を意識するだけで不安は消える。

わたしたちが望むのは最高のハッピーエンドだけ。

だから今日と同じ今日をわたしたちは拒否する。

「さぁ、行きましょう。タイムリープしましょう」

起こったことを受け入れない。

目的のためならなんだってやる。

わたしは、わたしたちはどこまでも貪欲《どんよく》によりよい明日を求める。悲劇を否定し、二人でいつまでも安穏《あんのん》と過ごせる可能世界を目指す。

魔法使いと魔女の時空を股にかけた旅はもう始まっているのだから！

「連れていってくれるわよね」

手を繋いで、身を寄せ合って、

「ん、……どこまでも、一緒だよ」

すぐ隣で彼女がささやいた呪文《じゅもん》は、わたしの耳元に甘く響いた。

☆

突如として顔面に風圧が吹きつけ、髪は乱れに乱れた。

次の瞬間には、わたしたちは坂の上から消えている。くるくると独楽《こま》のように回る。容赦なく吹きつける暴風に吹き飛ばされ、空へと舞い上がった。

いったい何事、と困惑する間に、大気圏を突き抜けて身体が浮遊する。宇宙に飛び出したと思っていたのに地球はどこにもない。理解は一瞬で、魔法でこの次元から飛び出した結果、地球の慣性力から見放されたと知る。日本で暮らしている人は地球の自転に乗って、だいたい時速一四〇〇キロメートルで動き続けている。その運動が一瞬で失われた。

生身の身体であれば速度変化についていけず、大気圧を失い、酸素を奪われ、強烈な太陽熱と宇宙線に曝《さらさ》されてオダブツだけど、その瞬間にはもうわたしたちの物質存在はどこにもない。

周囲には星の海にも似た煌《きら》めきが無数に漂《ただよ》っていた。手を伸ばせば届きそうなものもあれば、かぎりなく遠くにあるものもある。それら一つ一つが並行宇宙《パラレルワールド》。時間を飛び越え、物質界を否定し、可能世界を俯瞰《ふかん》する。意識だけが鮮明なままだった。

頭上のみならず上下左右を埋め尽くす無数の星々の明かりは瞬時に光年を飛び越え、星雲に至り、恒星を飲み込み、ブラックホールを横目に大宇宙の塵《ちり》として揺蕩《たゆた》う。

壮大な時間のやり直し。

タイムリープとは、きっと少し進行度の遅れた可能世界を探す魔法なのだ。

やがて音もなく下の方から——下ってどっち？　——とにかく足の方から黒々とした波がやってきてわたしたちを飲み込む。波の中は液状に渦巻いていて星明かりはまとめて頭上に一つの大きな光源になった。

光源が一拍、大きく脈打つ。その衝撃で身体がばらばらになるかと思った。

いや、その瞬間、あらゆる物質は分解されていた。

生き物も、海も陸も、万物が素材のままだった。それらはわたしの目の前で元の姿を思い出したかのように、手際よく組み上がっていく。海は海に、陸は陸に、そして街は街に。

そこに生きる命のすべてが一瞬にも満たない時間に再現された。

ぼやけた輪郭が見慣れた景色に近づいていく。遠景から近景に、生まれ育った故郷の景色にわたしたちは近づき、お馴染《なじ》み木野花高校が見えてきて、薄曇りの隙間《すきま》から覗く青空と中天にかかる太陽、次の瞬間——！

十月二十八日A'

わたしたちは水曜の昼休みに戻ってきた。

「————っ」

顔を上げる。

大きく息を吸う。

正面に未散がいた。

時間はお昼休み、場所は教室で、未散とわたしは一つの机を囲んで昼食をとっているところだった。今日のお弁当は三色そぼろご飯。おいしくできた自信作だけどそれどころではない。

今見たものについて、未散に話さないと気が済まない。

「すごい景色だった。振り回されすぎてマヨネーズになっちゃうところだった」

「んー?」

咀嚼《そしゃく》しながら、未散はあまりにも普段通りだった。

その温度差に違和感を覚えてしまう。もしかして魔法使いにとってはあれくらいは全然普通の範疇なのか、とか。

「もしかして、綾香寝てた? 変な夢みた?」

甘く焼いた卵焼きの切れ端を口に運びながら、未散は可愛らしく小首をかしげた。

「えっ」

「えっ?」

未散は冗談めかして小さく笑う。

「今見たでしょ?」

「そんな珍しいものだった?」

彼女にとってはアレが普通なんだろうか。それとも、

「憶えてないの……？」

「綾香が忘れない人だっていうのは憶えてる」

何気なく言って、未散はそぼろご飯の卵のところを口に運んで、美味しそうに咀嚼する。わたしは乗り物酔いしたみたいでご飯どころじゃないんだけど。

「未散もちょっとくらいは憶えてるのよね？」

「来週の水曜日から魔法で戻ってきたのも知ってる」

今は十月二十八日A'。

タイムリープ前は十一月四日A。

丸一週間、三十六日分、時間を遡った。

「ねえ、未散……、憶えてる？　『前回』採用された今日のこと」

「ん、……どんな今日だった？」

つい反射的に椅子を蹴《け》って立ち上がってしまう。何事かと周囲が振り返るがかまっていられない。無性に嫌な予感がした。

「綾香……？」

「その、お泊まり会、したじゃない？」

「お泊まり会？　えへへ、本当？　平日だよ？」

何気なく、本当に何気なく未散は言った。『そんな冗談めかしちゃうくらいお泊まり会したいの?』言外にそう匂《にお》わせるような調子さえあった。なんだ、これ。取り残された理不尽、もしくはこの反応のほうが自然なような、わけのわからない初めての感覚だった。

わたしの戸惑いに未散はすぐに気づいてくれた。顔が真っ白になる。

「ぁ、ごめん、綾香がこんなときに嘘つくわけないのに」

「いいの」

慣れてる。かけがえのない思い出がなかったことになってしまうなんて、生まれてから何万回と繰り返してきたことだ。ただ今回は一度『採用』されて確定したことが消えてなくなった。たったそれだけの違いだ。それは初めてのことで、たったそれだけの違いなのに、胸が抉《えぐ》られたように痛い。

「タイムリープするとね、未来の記憶は、この時間でもともと持ってた記憶と混ざり合って、よくわからない形……、えっと、夢みたいな感じになったり、消えたりしちゃうから」

声を低くして、未散はひそやかに言った。

「ごめんね、綾香と違って私は忘れちゃうから」

胸がきゅっと痛む。小さく舌を出しておどけるそのしぐさが切なくて、決意を固めた。

せめてわたしだけは憶えていよう。なかったことになった今日を、可能性の海の泡沫になってしまった出来事を、永遠にこの記憶に留めよう。

こういうことなんだ、タイムリープするって……。

なかったことになった記憶を整理しようとすると、脳の奥の方が小さく頭痛を訴えた。

「綾香？」

「んん……、頭が変になりそう……」

「どういうこと？」

「別の人の記憶が頭の中にあるみたいな感じがするから」

繰り返される『一日』の記憶をわたしはずっと直線的に管理してきた。串に刺したお団子のようなイメージだ。お団子の一つ一つが一日一日で、採用されたらタレを塗る。

そうやって実際に起きたことになっている出来事と、なかったことになった出来事を区別してきた。

でも今、お団子の先頭はめちゃくちゃになっている。

タレが塗られているのに、その記憶を他人と共有してはいけない。なかったことになった。というよりまだ起きていない。そしてこれからもう一度起こる保証もない。未来は変化するから。

「何が起きたのか、これから起きる可能性があるか知ってるけど、自分の体験じゃないみたいな感じ」

「綾香から見たらそうなるんだ」

未散はなんでもなさそうだった。

違和感もなければ、不安も感じていなさそう。

そもそも完全記憶能力なしでどうやって未来の記憶を思い出しているんだろう。

「さ、行こう？　もう一度」

さっぱりした顔で未散は言った。前しか見ていない、いつも通りのポジティブな彼女だった。

だからわたしだけいつまでも下を向いているわけにはいかない。

「ええ」

未散が席を立ち、わたしも続く。

もちろん行先は決まっている。『前回』と同じ流れに合流して、今度は別の結末を目指す。

「やほーっ」

朗《ほが》らかに未散が手を挙げた。

「どこでも一緒って、感じか」

並んだわたしたちをじっくり見て、深安さんが苦笑する。

「仲良きことは美しきかな、やな」

佐崎さんが同調し、三城さんがうんうんとうなずいてくれる。

前回の水曜日の昼休み後半は、深安さんたちと過ごした。

アクシデントがあったりなかったりして、放課後未散を待ったり少し早く帰宅したために家出する事件が起きたりする。

お泊まりしたり、しなかったり……。

せっかく採用されたお泊まり会の日もなかったことになった。

悪い未来を消したので、いい思いをした過去も諦めなくてはいけなくなった。

でもいい。

もう一度やればいい。

ああ、そういうことだったんだ。

今わかった。合同練習会の前日、シロン先輩に言われたこと。

演技の欠点を質問したとき、シロン先輩は言葉を濁した。

――意味ないから指摘しない。

上演テープから真似をした先輩たちの演技。その劣ったところを直すことに意味はない。なぜなら先輩たちの演技は、それぞれ一個一個が完成品だからだ。一人の表現者が考え抜いて出来上がった完成品だからだ。

長所と短所は表裏一体。

だから、ただ短所をあげつらって直したところで、長所も一緒に消えるだけ。

どうやっても短所は消えない。隠すことができるだけ。短所とは長所を伸ばすことでしか隠せない。

なかったことになってしまった日々を埋め合わせるには、よりよい未来に手を伸ばすしかないのだ。

なら、まずは義務を果たそう。

「ね、未散」

「ん?」

「頼みたいことがあるんだけど」

「うん、いいよ」

深安さん、わたしの心を読んで、そう言ってもそんなに真剣には読んでくれないだろう。

それならば。

「キスして?」

ざわっと教室中が沸く。ささやくように小声で言ったつもりなのに、視界に映る全員が号令されたみたいに一斉《いっせい》に振り向く。盗み聞きされすぎでしょ。

「うん」

未散はあまり驚かず、むしろ平然と応じた。

深安さんの目がまんまるに見開かれ、こっちを凝視している。わたしの真意を探ろうと視線が動き、表情は緊張し、頭蓋骨を満たす脳髄が裏の機能を発揮しようとする。

心を読む能力が興味津々に威力を発揮しようとした、そこにわたしは一週間分の記憶を回想する。

——助けてくれ、相沢！

——しょうがないから背の高さから、ね……

——せっかくクソ舞台をつぶしてやったと思ったのに、台なしにしてくれちゃってさ

——なんとかしないといけないのはあたしもわかってるよ

——ねえ、なつめちゃん、お願い。助けて

——しつこいな！

——もう嫌だ。シロンのバカも、クラスのバカも、ママも、みんな勝手なことばっか言って。もう、嫌だ……

——あのくそ女を罵《ののし》ってきなさい！

——消せると思わないで!!

早回しの映像が目の前で起こったことそのままの鮮明さで脳裏を駆け巡り、心を読む能力を通じて深安さんの心理体験にも再現される。前回の最後の時間に彼女が抱いた悔恨や絶望が、時空を飛び越えて心象に上書きされる。

タイムリープ魔法で引き継げないはずの第三者の記憶を過去に運ぶ。これが忘れえぬ魔女が用意したちょっとした魔法。ただの忘れないだけの能力だけど、他の魔法と組み合わせればとっておきの解決を用意できる。

「相沢、それ、マジ？」

「ええ、これから起こることよ」

わたしはいたって真面目《まじめ》に断言する。

「信じられない？」

「………信じた」

深安さんは教室を飛び出していった。見過ごすには、読心能力の読み取った未来はあまりに鮮明すぎた。突如として持ち込まれた感情は鮮烈にすぎた。

向かう先はもちろんシロン先輩のところだろう。

わたしは想像する。まだこの時間では本当なら顔も知らない演劇部の部長が年下の幼馴染にこってり絞られる様子と、言いたいことを言い放題に言い散らす深安さんの姿を。

わたしは信じる。いつかシロン先輩が挫折《ざせつ》しそうになったとき、深安さんが夢の輝きを取り戻させる未来を。それはそれは痛快な光景だった。


放課後、外は曇りで地上はまとわりつくような湿気の底にあった。わたしは昇降口脇に立ち尽くして未散を待っていた。

すると廊下の奥から小さく声が聴こえてくる。

「シロン、言っとくけどダンベル落としちゃったら絶交だよ」

「あはは、するわけないじゃん、そんなこと。……ははは」

「うっかりでも殺すからね」

「絶交じゃないのかよ」

声は体育館の方へ遠ざかっていった。かすかに聴こえたその音を、わたしは何度も反芻《はんすう》して確かめる。ほんのりと胸の内に灯《とも》る温かさを堪能している間に、未散が職員室から戻って来た。

「ごめんね、待たせちゃって」

「お疲れさま」

「補習はなんとか許してもらったよ！」

大げさに喜んでいる未散に、わたしはささやかな試みをひとつ提案する。

「ねえ、今から体育館に行かない？」

「体育館？　なんで？」

「演劇部の人たちがリハーサルしてるのよ。一緒に観に行かない？」

なかったことになった日々の中で、わたしは魔女として彼女たちに招かれた。だから今度は人として自分から関わってみたいと思う。心からそうしたいと望む。

霜降《そうこう》の季節、それは中間考査が終わってすぐの頃だった。

終章　まだ見ぬ明日への約束

十二月九日A

三者面談の日。

生徒と保護者と教師が一堂に会し、進路希望や定期考査の結果を材料に、二年次以降の文理選択を話し合う場だ。担任教師の中年男性が保護者とわたしに座席を勧め、早速話し始める。

「相沢《あいざわ》綾香《あやか》さんは、まぁ、言うことなしですね、お母さん。学業のほうも、この成績に文句をつける人はいないでしょう」

はははは、と軽い調子で、互いの緊張をほぐすような感じで笑いあった。

「最近は友達もちょっとずつ増えてきてるようですし、あとは文理選択だけですね」

好むと好まざるとにかかわらず、人間という個体差あふれる生き物には適性というものがある。たとえば小谷《こたに》さんは、暗記科目では目を見張る点数が取れるのに、数学だけは数字アレルギーでもあるのかと驚いてしまうくらい散々な結果になってしまう。

進路を適性《できること》で選ぶか、志望《したいこと》先で選ぶか。

「強制はできませんが、得意科目を活《い》かせるほうを勧めるようにしてます」

担任教師は言った。

この先、志望を変えたときに適性のある分野にいた方がよいためであり、今苦手な科目が得意になるより、得意な科目がより得意になる方が多いからだという。志望で進路を選ぶと、夢破れたときに適性のない方にいることになるので苦労がとても多い。

「相沢はどっちを選んでも苦労しなさそうだが……」

「文系にします」

「うん、面談終わりだな。こんな楽な進路指導は初めてだぞ……」

話はとんとん拍子に進んだため、時間が余ってしまった。

「相沢のお母さんは、その、かなり若く見えるなぁ」

「えーっと、こいつは……」

「婚約者です」

引き継いだのは優花《ゆうか》だった。アホか。頭を軽く叩こうとするけど、タイミングをばっちり合わされて避けられてしまった。

「従姉《いとこ》です」

「なんだ従姉か……そうか、いやいや、親はどうした」

「親は、……来ません」

自分の家庭について他人に説明をするのは苦労ばかり多くて得るものがない。たいてい理解されないし、わたしは同情も救済も望んでいない。

「来ないってどういうことなんだ」

担任教師の顔に戸惑いが浮かび、声にかすかな苛立《いらだ》ちが混じる。そりゃそうか。生徒の親を相手に面談したはずが、実はそうじゃないなんて、騙《だま》されたような気にもなるだろう。

「喧嘩《けんか》してて、別居中なので」

「おいおい、なんだそりゃ。……長いのか?」

「たったの五年です」

ぴたりと担任教師の動きが止まった。わずかな沈黙の中、教師はすぐ結論にたどり着いた。

「そりゃ、おまえ……」

ネグレクトだ。

その通り。世間さまはそうかんたんに誤魔化《ごまか》されてはくれない。わたしの両親はしてはならないことをしたし、現在進行形でしている。社会的に責任ある大人として許されることではない。

もし一声上げれば、その日にわたしは家に帰れる。外に助けを求めれば、大人たちが両親を説得し、あるいは強制してわたしをあるべき生活に戻してくれるだろう。

でもそうやって母屋に戻って、なんの意味があるだろう。結果だけかんたんに手に入れて、わたしは何も成長していない。繰り返すだけだ。もう一度大切な人を傷つけるだけだ。意味がないどころか有害でさえある。

「わたしは困ってない」

担任教師を直視しながら、わたしは断言した。

「子供部屋が離れにあるようなものです。そこで暮らす子供はたまたま自分の世話が自分でできる。掃除も洗濯も料理も、何もかも母親に教わった通りにできるんです」

担任は苦笑した。わかってないな、と顔に書いてある。

「相沢、子育てはそういうものじゃないんだ。教育って、とても大切で、特におまえくらいの子供にとって、両親と暮らすこと、家族と触れ合う時間は、大人になってからも何よりの財産になるんだ。言いたかないが……おまえの親はむ――」

――無責任、その一言を他人には言わせない。

「無責任ならっ、……わたしの親が無責任なら、わたしも共犯です」

もちろんわかってる。

何せ、七十五年も生きた。それくらいはわきまえている。

「自己決定権、というのでしょうか。わたしは今の生活を誰《だれ》かに変えてもらいたいとは思っていないんです」

無力で罪のない人の子が声を上げるのとは違う。わたしは母を追い詰めた罪人だし、力がある。過去のあやまちを清算できるだけの力があるはずだ。

「たとえば全寮制の学校ってあるじゃないですか。わたしと同じ年の少年少女が親元を離れて生活しています。わたしとどこが違いますか？」

畳みかけるようにして、わたしは言葉を重ねる。

「あるいは五百年とか、千年前。今のわたしの年齢だともう成人してますよね」

「今は現代だ」

担任教師はこらえきれないとばかりに苦笑した。ウケを狙《ねら》ったわけじゃないんだけど、どうして笑うのかわからない。

「自分のことは自分で決めます。望むなら、自分の力で変えます」

胸を張って言った。

「わたしにはそれだけの能力があるし、そうしないと意味がないんです」

しばしの沈黙があった。

担任教師は黙り込み、優花も口を挟まなかった。

担任が納得せずに児相持ち込み案件にでもなったら嫌だなぁ、もしそうなるなら、『明日』から優花に老け顔メイクをしてぱさぱさウィッグを用意して参加させせないと、みたいなことをわたしは考えていた。

「相沢はいろいろ考えてて、……大人なんだな」

「まだまだ子供です」

「それを言えるのは大人だけだ。相沢は自分を客観視できてるんだな。長年教師やってて色んな生徒を見てきたつもりだったが、相沢みたいな生徒は初めて見た」

苦笑するしかなかった。わたしみたいなのが二人も三人もいたら世も末だろう。

「わかった」

担任教師は一つ頷《うなず》いて、

「しばらく様子を見る。先生も協力しよう」

不埒《ふらち》なことを考えていたのが申し訳ないくらい、先生は親身に向き合ってくれた。教師として致命傷になりかねない。ネグレクト案件見逃しと非難されても文句は言えない。けどわたしを信じてくれた。わたしの言い分を信じて、能力に期待してくれて、様子見という結論にしてくれた。

それがわたしの三者面談だった。

ちょっと珍しい生徒だったかもしれないけど、まぁ、手のかからない方だろう。

面談を終えて教室を出ると、二人の女子生徒がわたしを待っていた。

一人はお馴染み、深安《ふかやす》さん。

「相沢、ありがとう。このバカが変なことしようとしてるの、教えてくれて」

「うん」

もう一人、深安さんの隣にはシロン先輩。

「なんでバレちゃうかな〜。まぁ結果オーライかな〜」

この時間軸の合同練習会でも、実はわたしはヘルプに入っている。シロン先輩の代役ではなく、別の役割で。そして、

「どう? あれから」

「大丈夫。再発してない。もう聴こえない」

深安さんは晴れ晴れとした顔で言った。

練習の合間にわたしたちは深安さんから呪《のろ》いを取り除くことに成功していた。未来からタイムリープで持ち帰った感情を深安さんに返した結果、深安さんは能力を手放すことをを望んだし、未散《みちる》はどうやれば呪いが解けるのか知っていた。たやすいことだった。

「ほんと、何もかもありがとな。相沢には一生アタマ上がんなくなっちゃったな」

「気にしなくていいのに」

そもそも深安さんは被害者だ。どうして呪いが発現したのかもわかっていないし、シロン先輩の暴走に巻き込まれた側だ。そのシロン先輩はというと、

「演劇部はいつでもキミを待ってるぜ」

わりと懲りてない。まぁ、それがこの人のいいところなのかもしれないけど。

「それ断り文句じゃん」

「考えておくわ」

わかりやすくほっぺたを膨らませてシロン先輩は不貞腐れた。どう見ても演技なんだけど、どこか自然で愛嬌《あいきょう》があって、この人が生まれついての役者だと思い出させてくれる。

「おいシロン、相沢を困らせるな。もう行くぞ。じゃあ、相沢、また明日な」

「うん」

深安さんに引きずられるように連れていかれつつ、シロン先輩は「うーん、まずは未散ちゃんからオトさないとこれはダメかなぁ」なんてぶつくさ言っていた。

これから深安さんは自分の将来を賭《か》けて母親と向き合わなきゃいけない。でも、きっと大丈夫だろう。現実と立ち向かうだけの強さを彼女は得たし、支えてくれる親友も隣にいる。なんならわたしだって、ここにいる。

「綾ちゃん……」

振り向くと優花がお手本にできるくらい見事な〝幽霊を見たような顔〟をしてくれていた。

「びっくりしたよ。稲葉《いなば》ちゃんのほかにもお友達いたんだね……」

「人は変わるのよ」

そう答えると、優花は心の底からの喜びをしめす、満面の笑みを返してくれた。

この時ばかりは魔女気取りの従妹の成長を見守る、親代わりの保護者だった。

二人で昇降口のところまで来て足を止めた。

靴を履《は》き替える動きを止めて、優花がわたしを振り返る。

「待ち合わせがあるから」

目をぱちくり、まばたき一回、優花は唇を尖《とが》らせた。

「もぉ、……想像つくから深く聞かないけど、お姉ちゃんは別に許してませんからね！」

「それでも、止めても無駄だから止めない、ね」

「わかってるならよろしい」

まったくこいつは何様のつもりなんだ。

颯爽とハイヒールを履きこなすくせに、言ってることは全然聞き分けがない子供そのものだ。

「お夕飯の時間までには帰ってくるんだよ～」

「作るのはわたしでしょ」

「だからだよ。お腹《なか》減って死んじゃうんだから」

「はいはい、お腹空かせて待ってなさい」

二十四歳児ね、まったく。

優花の背中を見送って、わたしは苦笑しながら待ち合わせ場所に向かった。

三者面談で苦労が多かったのは未散の方だ。

学校の隣の水辺《みずべ》公園で待ち合わせって決めておいたのに、予定よりたっぷり一時間も待ってしまった。公園の植栽《しょくさい》、その大きな枝の隙間《すきま》から西の空に夕陽《ゆうひ》が覗《のぞ》いている。

「ごめ～ん」

「たっぷりいじめられてきたみたいねって、ちょっと、うわぁっ」

駆け寄ってきて、勢いそのまま抱き着いてきた。当然受け止められるはずがないので、落ち葉の上に尻《しり》もちをついてしまう。慣性の法則を理解していない。物理は赤点ね。

「ごめん……」

「だ、大丈夫。怪我《けが》してない？」

「こっちが訊かなきゃいけない方だよ。綾香、怪我とかしてないよね？」

「うん」

先に起き上がった未散が手を伸ばして助け起こしてくれる。

かつてないくらい身体が密着して、場違いにドキドキしてしまった。未散に心を読む能力がなくてよかった。こんなの知られたら恥ずかしくて死んでしまう。

「ちゃんと文系選択って言った？」

「うん。来年も一緒のクラスだといいねっ」

わたしはどっちでもいいから未散に合わせることにした。わりとひどい点数を取ってしまうこともある彼女だけど、現代文の点数だけはそここいい感じで安定しているから。

ベンチに向かって歩きながら、わたしたちは他愛《たあい》ないやりとりばかりしていた。まるで重大な本題の周囲をひたすら迂回《うかい》し続けているかのように。

「再来年、三年次は志望先でクラス分けなのよ？　大丈夫？」

「より一緒のクラスになりやすいね！」

学力が一緒くらいなら、ね。というか未散もわたしのとは違うとはいえ、一応繰り返してるくせにどうしてテストで点数が取れないんだろう。

公園のベンチに、未散の左隣に腰かけて夕暮れの水面を二人で眺めた。

「よかったよね、なつめちゃん」

「ええ」

タイムリープ前に未散はこう言った。

『一個だけだと無害な呪いでも、ほかの何かと組み合わさるととんでもないことが起きる』

確かにとんでもないことが起きた。

完全記憶能力と、読心能力と、タイムリープ魔法。三つを組み合わせてわたしの記憶を媒介に深安さんの心象を過去に送ることができた。

「今までで一番いいタイミングの解決だったと思う」

手遅れの遥《はる》か手前で、誰も傷つかなかったし、誰も何も失わなかった。

「呪いが破局するとどうなるの？」

「タイムリープ前のなつめちゃんよりひどくなると、ってこと？　うまく言えてるかわからないけど、死ぬよりつらいと思う。呪いに飲み込まれて、能力に歯止めがかからなくなる」

未散はそこで息継ぎして、

「普通はそうなる前に安全装置が働くんだけど」

気になる一言だった。

「安全装置？」

「ええっと、これも言いにくいかな……。死んじゃうの。世界？　運命？　みたいなのが誘導してきて、呪いの持ち主が異能力を表面化させる前に命を奪う。この世界は異物を許さないから」

ひやり、全身が冷たくなる。秋の夕の冷涼さだけが理由ではないだろう。

魔法、世界、呪い。

未散はわたし以外にこんな話をしないだろう。

だけど本当にしたい話はこれではない。

二人が避け続けている本題はこれとは違う。

——勇気を出して、あなたも。

なかったことにしたあの時間で、わたしは深安さんに勇気を求めた。その勇気こそが、今のわたしに必要なものだった。

「綾香？」

背もたれから離れて、そっと右側へ身体を預けた。肩と肩が触れる。

「だめ？」

不安で不安で胸が裂けそうだったけど、地獄の時間はすぐに終わる。未散の方からも身を寄せてくれた。髪と髪がもつれるような距離で、ついでとばかりに手まで繋《つな》ぐ。指を絡《から》め合う。

「その、寒かっただけよ？　勘違いとかしないでね？」

「うんっ」

「なんでご機嫌なのよ」

と唇を尖らせてから気づく。手を繋いでしまっている。これではどんなに強がっても、うまい嘘《うそ》を思いついても未散は騙されてくれない。指先のこわばりがすべてを白状していた。

「ふふ、本当に寒かっただけ？」

声音《こわね》にもてあそぶような響きが混じる。いじわるされてこんなに嬉《うれ》しいだなんて、なんてわたしは単純な生き物なんだろう。

あなたにとってわたしはなんなの？

バカみたいに陳腐な言葉だけど、知らずに済ませられるとも思えない。同時に、もはや彼女に告げずに済ませられる気持ちではなかった。

だから。

「わたしの気持ちはあなたのものよ」

最後の一音を発音した瞬間、もう引き返せないとはっきり自覚して、胸の中にある鼓動はまったく別物になり果ててしまった。

肩が離れ、身体が離れ、気持ちまで離れてしまうのではと怖くなって、顔を上げるとそこには恋しい人が満面の笑みを輝かせていた。

彼女の大きな瞳《ひとみ》、その透き通った表面に揺らめきが生じる。長いまつ毛がゆっくり上下に一往復する。

「知ってる」

かすかに上気した頬《ほお》から目が離せない。その丸みを生涯忘れないだろう。たとえいつかこの呪いを解く日が来ても一生憶えてる。

「返事は……？」

「ねえ綾香、今週末、お泊まり会しない？」

どういうこと？　この流れでお泊まり会って何――⁉

でも、まぁ、いいかな。

「うん」

わたしが頷くと、彼女は満足げに目を細めた。そして言った。

「約束だからね」

あとがき

この物語が続くにあたって、ＧＡ文庫関係者のみなさまを始め、校閲者さま、デザイナーさまなど、たくさんの方のお世話になりました。わけても担当編集のわらふじさまにはひとかたならぬご尽力をいただきました。心より感謝いたします。

またイラスト担当のかも仮面《かめん》先生には、今回も素晴らしいイラストで物語を彩《いろど》っていただきました。『雛鳥《ひなどり》は初めて見た動くものを親鳥と思って追いかける』ではないですが、『新人ラノベ作家は初めて担当してくれた神絵師を親と思って追いかける』まさにこの思いです。誠にありがとうございました。

そして、今まさにあなたのお手元にこの本がある奇跡に深く感謝いたします。

娯楽が飽和し、時間の足りないこの時代、まさか二冊も私の本を読んでいただけるとは、恐懼感激《きょうくかんげき》のきわみです。（2巻だけ読む人はいないだろうと信じてます。いませんよね？）

三冊目にご期待いただける内容になっていましたら幸いです。

1巻の発売直後から、本当にありがたいことにさまざまなかたちでご感想をいただけました。書いたものにこれほど多くのご感想をいただくというのは、これまでの人生の中で決して得ることのなかった感動で、何度でも味わいたい思いです。これが『味を占める』という感覚なのだなぁ、としみじみ思っております。人の業ですね。

さて今回は呪《のろ》いを組み合わせてみよう、のお話でした。

入れ子ループであることも語られて、このあと一体どうなっちゃうんでしょうね……。

魔法使いと魔女の物語のゆくえは、作者である私にもわかりません。ですが、きっと二人なら大丈夫でしょう。苦境を前に二人が手と手を取り合って、お互いを支えに立ち向かう。間違いなく尊いですね。それにもしうまくいかないのであれば、うまくいくまで繰り返せばいいのですから。きっと最後はハッピーエンドでしょう。

『忘れえぬ魔女の物語』についてなら私はいくらでも語れますが、紙面が許してくれるとはかぎらないのがままならないところです。語り足りないところ、後から思い出したことについてはTwitter等でぼちぼち呟《つぶや》いていきます。ぜひフォローください。ご感想なども待ってます。

名残惜《なごりお》しいですがそろそろ筆を置かねばならないようです。

またあなたのお手元に物語をお届けできる日を夢見て。それがすぐであることを祈ります。

２０２１年冬　宇佐楢春《うさならはる》（Twitter ID: @lazulite_drop）

あ、そうそう、そのうちコミカライズしますよ。よろしくね。

ファンレター、作品の
ご感想をお待ちしています

〈あて先〉

〒106－0032
東京都港区六本木2－4－5
SBクリエイティブ（株）
GA文庫編集部 気付

「宇佐楢春先生」係
「かも仮面先生」係

本書に関するご意見・ご感想は
右のQRコードよりお寄せください。

※アクセスの際や登録時に発生する通信費等はご負担ください。

https://ga.sbcr.jp/

忘《わす》れえぬ魔女《まじょ》の物語《ものがたり》2

発　行	2021年4月30日	初版第一刷発行
著　者	宇佐楢春	
発行人	小川　淳	

発行所　SBクリエイティブ株式会社
〒106−0032
東京都港区六本木2−4−5
電話　03−5549−1201
03−5549−1167（編集）

装　丁　木村デザイン・ラボ

印刷・製本　中央精版印刷株式会社

定価はカバーに表示してあります。

ISBN978-4-8156-0771-5
Printed in Japan　GA文庫

試読版は
こちら！

俺とコイツの推しは
サイコーにカワイイ2
著：りんごかげき　画：DSマイル

GA文庫

俺たち史上サイコーの夏が開幕!!　「テメェェ南アズマこのやろ～～!?」

俺・南アズマを狙う西条院ロコのビーチボール。キッズらも大声援!?

【小学校のプール】で俺たちの推し、星夜アゲハと楽しく配信のネタ探し。

さらに花火大会も今年は三人組で。

「俺も幸せな気分だアゲハちゃん！」「あたしは南アズマ以上に～！」

そして電脳アイドル∞ギンガちゃんとライバルとのＰＶバトルが勃発。数多の才能を巻き込んだ、推しと俺たちの壮大な挑戦!!　想定外な結果にアゲハちゃんは何を想う？――「みんながいてくれるから、私も今ここにいるわ。私、幸せよ！」

天才と凡人がうろちょろする!?　ひと夏のハッピーエンドな第二巻！